講談社文庫

つんつんブラザーズ

The cream of the notes 8

森 博嗣
MORI Hiroshi

講談社

まえがき

意味のわからない題名シリーズ第八弾である。内容はまったく続いていないので、どこから読んでいただいてもかまわない。一冊の中身も、不連続な百のエッセイで構成され、脈絡なく並んでいる。思いついたことを書き綴《つづ》り、そのままの順番だ。

タイトルは、概《おおむ》ね九文字からなり、一文字めは「つ」で八文字めは「ー（長音）」という縛りを設けている。ただ、「フィ」などは一音で、一文字と数える。どうして、こうなったのかは覚えていない。第一作が『つぶやきのクリーム』だった。続く第二作が『つぼやきのテリーヌ』となり、この時点では、第一、三、四、五、七、八文字が共通していた。ところが、第三作『つぼねのカトリーヌ』では、第一、七、八文字の一致に留まり、第四作『ツンドラモンスーン』に至って、第一、八文字のみとなってしまった。これ以上減らしては、シリーズのアイデンティティに関わる恐れがあり、この二文字の一致を死守して、それ以降続いている。

意味的に、何がどうということはそもそもない。適当である。ただ、最初は意味があった。英題の『The cream of the notes』とは、「粒選《つぶよ》りの気づき」の意味である。だから、このシリーズはいちおう「クリームシリーズ」と呼んでいる。甘いクリームではなく、ときどきピリッと辛《から》いものが混ざっている。

もっとも、すべてが辛いと、舌が麻痺《まひ》してしまい、辛さを感じなくなるだろう。それを見越して、適度なリラクゼーションを混入している。この「のほほん」とした部分が、回を重ねるごとに増しているのは、現代社会の過酷な状況に対応するための調合ではないか、とも推察できるだろう。最近では、あまり辛口すぎると、「上から目線だ」「老人の戯言《ざれごと》だ」と非難される始末。非難はべつにかまわないのだが、売行きが落ちては困る。世の中に物申す主張ではなく、単にビジネスで本を書いているのだから……。

一方で、では全部甘くしてしまえば売れるのではないか、との声にも、はいそうですか、とはいかない。何故《なぜ》なら、僕は人に好かれることに魅力を感じない人間だからだ。どちらかというと、嫌われている方が安心。一人にしておいてほしい、と考えている。

そんなわけで、自分の価値観と、ビジネス的制約の間で、微妙な均衡を保って書いている。一本のロープを平衡棒を持って渡っている気分である。もちろん、落ちても下にはネットがある。リアルな社会から落ちこぼれても、ネットがあるのと同じようなものだ。このセイフティネットとして、この本が機能することを願ったりはしない。

contents

つんつんブラザーズ

The cream of the notes 8

1 「このシリーズは最初のうちは鋭かったのに最近はそうでもない」は本当か？

そういうご意見は、まだ直接はいただいていない。ただ、「森博嗣は丸くなった」というのは、いくらか聞いたことがある。まえにどこかで書いたが、ブログが「ですます調」になっただけで、そう言われるのだ。そんな見かけの印象なのか。しかし、見かけの印象が大事だ、とおっしゃる方も数多い。僕は、どちらでも良いと思う。そもそも、皆さんが僕のことをどう感じているか、は僕には無関係なことだと認識している。

現代人は、おそらくこれまでの歴史上最も「自分に対して社会がどんな印象を持つか」を気にしている。これにはネットの影響が大きい。以前は、「社会」という部分は、近所の人、村の人たち、仕事場の人、クラスメート、などだった。社会というものは、自分のごく周辺にはなく、少し離れたところにあって、そこへ出ていくときには、一張羅《いっちょうら》を着て、ネクタイを締め、多少緊張して振る舞ったものである。

ネットの「社会」というのは、リアルの社会ではないが、なんとなく、不特定多数が自分のことを注目しているような幻想を抱かせる。これは、明らかな錯覚であるけれど、しかし、そう認識してしまう以上、各自の中では大きな影響を及ぼす力を有する。

ネットに向けて発信する主体が「自分」である、との錯覚も、多くの人が抱いているはずだ。リアルの自分よりも、そちらの方が大事だと認識している人も大勢いる。若い世代ほど、その割合は多いように見受けられる。リアルの自分は、誰にも見えない陰の存在であって、ネットで見られている「自分」を維持することにエネルギィと時間を消費する。そして、その手応えも半ば想像により作り上げられている様子が窺《うかが》える。

そんなavatarのような人たちが増えてきたから、きっと森博嗣も、そういう目で見られているのだろう。ものを書いて、多数の人たちに読んでもらうことが仕事なのだから、当然ながら多数の視線を感じている。そんな幻想のネット社会を感じ始めたのは、今世紀になった頃からだったか。だいぶまえのことではある。その後、社会ではスマホが普及した。そして、ずっとそのまま。大した変化はなさそうである。

この観測は、客観的だといえる。唯一変化したのは、距離感だ。僕自身が遠く離れたところへ移動したことによって、観察の対象（主に日本の社会）が遠ざかった。ネット社会なのだから、距離など無縁のはずだが、そこは、どうしても肌感覚みたいなものに依然支配されている。一例を挙げれば、近いと許せないことが、遠いと放置しておける。ネット的リアルは、別世界の空間的、座標的なものに支配されているようである。

2 欲しいものを買い、必要なものには金をかけない、という方針でこれまできた。

僕の話である。欲しいものは買えば良い。だが、必要なものには金を出すことを渋る傾向が僕にはある。おそらく、普通の人はこの反対なのではないか。

「必要なものを買っているだけなのに、お金が足りない」とおっしゃる方が多い。生活に必要なもの、育児や教育に必要なものは、買うしかない。そうすると、自分が欲しいものが買えなくなってしまう、という悩みをお持ちらしい。

たとえば、子供のためにランドセルを買う。できれば、良いものを買ってやりたい。だから、大金を叩《はた》いて購入する。これを、「必要なもの」と認識されているようだ。僕はそうは考えない。そういうものは、もっと吟味《ぎんみ》して、できるだけ安くなるように考える。できることなら、支出しない方法を選ぶ。

「え、でも、子供が可哀想じゃないですか」とおっしゃるだろう。それはつまり、「必要なもの」ではなく、既《すで》に「自分が欲しいもの」になっている証拠だ。子供の喜ぶ顔が見たい、という感情的な理由であり、必要だから買わざるをえない、という理性から外れている。

世の中、必要なもの、というのは意外に少ない。もの凄《すご》く極端な話を不謹慎覚悟で書くなら、犯罪者になって刑務所に入れば、必要なものに金を使うことはなくなる。生きていく最低限のものは、保障されているともいえるのである。

一方で、本当に欲しいものには、優先的に金を使うのが基本だ。何故なら、そのための「金」だからである。何のために仕事をして金を稼いだのか、といえば、自分が欲しいものを買いたかったからだ、が最も正当な理由である。

僕（あるいは僕の家族）は、もともと貧乏だった。奥様（あえて敬称）には大変な苦労をかけていた。その理由は、僕が「欲しいもの」を優先してしまい、家族にとって「必要なもの」を節約していたからだった。よく愛想を尽かさず、耐えてくれたものだと感謝しているが、僕としては、このやり方が間違っていたとは、今も考えていない。

生活に不自由しない収入や貯金がある現在でも、方針はまったく変わらない。好きなものは躊躇《ちゅうちょ》なく買う、しかし、必要なもの、たとえば電化製品、建物、車、医療費、食品、交通費などは、基本的に出し渋る。そういったもので、僕は「贅沢《ぜいたく》」をしたくないし、お金があるからといって、高いものを欲しいとは全然思わない。自分の欲しいものの値段は、たかが知れているから、結果として、全然貯金が減らない。

3 相談に乗って解決するときと解決しないときの差は、どこにあるのか？

結論は簡単だ。相談をする本人が、解決したいという欲求を持っているかどうか、である。案外、本人も気づいていないことが多い。本気で問題を解決したいのか、相談するまえに自問してもらえると、相談件数が圧倒的に減り、僕は楽ができるだろう。

その欲求を持っていない人たちは、ただ困っているだけの状況である。困っている、だから相談して、なにか解決策はないか、なにか援助してくれないか、と考えている。

だが、最適の解決策というのは、「自助努力しなさい」であることが大半だし、援助といっても、他者に無条件で金を与える人は稀《まれ》だろう。僕はもちろんしない。そういうのは、慈善家とはだいぶ違う。寄付はするが、個人を援助する金は出さない。ようするに「良い顔」をしたくないからだ。人に好かれたくない。そういう人間関係を嫌っている。意固地だと思ってもらっても全然かまわない。

事情というものは、当事者が一番正確に把握しているので、当然ながら、どうすれば問題が解決するのかも、当人にはわかっている。ただ、それをしたくない理由がある。

だから困っているのだ。この「解決したくない」気持ちが、問題の本質であり、これがある以上、問題は問題のままとなる。奇跡的に別の条件で解消するまで待つしかない。それこそ、宝くじに当たるとか、遺産が転がり込むとか、などである。

人に相談する場合も、解決を欲しているのではなく、困っていることを知ってほしい、という気持ちが強い。つまり、「大変ですねぇ」と同情してもらいたい、「頑張って下さい」と励ましてもらいたいのである。簡単にいうと「甘え」だ。これは、問題を解決することとは、明らかに筋違いといえる。困ったままで甘えたい、となりかねない。

思うように勉強ができなくて、志望校へ進学できそうにない、という相談を受けたとしよう。この場合、最善の解決策は、勉強に励むことか、あるいは志望校を諦《あきら》めることである。しかし、このどちらも「したくない」から、相談に来るのだ。さて、どうしたら良いだろう？　それこそ、こちらが相談したくなるほど難しい状況である。

勉強が捗《はかど》る方法を教えてほしい、と言われたり、志望校へどうしても入りたいが、なにか画期的な方法はないか、ときかれたりする。裏口入学みたいなものを想像しているとしか思えない。本当に、困っている問題を解決したいのだろうか。

多くの場合、障害となっているのは、本人の「気持ち」である。まず、その気持ちを無視して、客観的な問題解決をするべきではないか、とお答えするしかないだろう。

4 電池を買い溜めするようになって、お金持ちになったものだ、と感じた。

子供の頃、モータで動くものを幾《いく》つも自作した。モータやギアなどのパーツは、使い回しである。同じものが何度も利用できる。最初は、プラモデルに付属していたものだった。そのモデルを壊して、別のものを作る。それもすぐに壊してしまい、また新しいものを作る。モータは、百円以上する比較的高価なパーツだった。たとえば、電線なども、何度もつないで再利用していた。電線は、買えばけっこう高いものだったからだ。

そんな中でも、電池が高かった。しかも、一つではパワーが足りない。最低でも二つ。多いときは十個も必要だった。さらに、電池はすぐになくなってしまうのだ。

乾電池は、現代と同じ規格のものだったが、容量（つまり電力の量）がまったく違う。たちまち弱ってしまう代物《しろもの》だった。だから、もの凄く大事に使うしかない。遊びたくても、電池が減るのが惜《お》しくて我慢をしなければならなかった。

十歳の誕生日に、鉄道模型をデパートで買ってもらったのだが、それには、コンセントに差し込んで使うパワーパックという装置が付属していた。家庭用の交流百ボルトを直流十二ボルトくらいに変換してくれるトランスである。これが、鉄道模型以上に僕には宝物となった。その後、自分で作ったあらゆるものを、これで動かした。ずっとお世話になっていて、今でも同じものを使い続けているほどである。

コンセントが使える場合はこれで解決したが、それができないのが、ラジコンである。ラジコンは、飛行機でも自動車でも、バッテリィが必要だ。コンセントから有線で電気を供給していたら、無線操縦の意味がない。だから、また電池が沢山《たくさん》必要になった。

そのうち、充電できるタイプのバッテリィが登場し、コンセントから電気を充塡《じゅうてん》できるようになった。このバッテリィも、数十年の間に飛躍的に発展し、軽くてパワーのあるものがつぎつぎと登場した。最近ラジコンヘリコプタにまた凝《こ》っているのだが、これもバッテリィで飛んでいる。

乾電池も、まだまだ必要である。あらゆるものに使われている。大きい乾電池は最近では減っていて、大部分は単三か単四である。僕はこの二種類を六ダース（七十二本）ずつ箱買いしている。だいたいこれで半年分程度だ。それくらいの量、僕は電池を消費している。いつでも乾電池の新品が家にストックされていることを、とても嬉しく感じている。ああ、小説家になって良かったな。乾電池が欲しいだけ買える身分になったのだな、と感慨深い。電池は、必要なものではなく、欲しいものである。

5 ほとんどの社会人は、大学落第者である。

たとえば、小学校や中学校の勉強であれば、自分の子供に少しくらい教えてやれるのではないか。大人なら誰でも、小学校と中学校を卒業しているからだ。また、高校の授業も、まあまあ、どんな感じだったかくらいは覚えているだろう。

ところが、大学で何を習ったのか、若者にきちんと教えられる人がいるだろうか？大学出の人の多くが、大学の講義で習ったことを忘れてしまっている。忘れているというよりは、そもそも頭に入れていなかった、といっても過言ではないだろう。

何故このような事態になるのか。答は簡単である。

それは、受験の影響だ。高校を受験するときに、中学までの学力が問われる。大学を受験した人は、高校までの勉強を復習しなければならない。そもそも、ほとんどの人は、入試があるからこそ、真面目に勉強をしたのだ。違いますか？

ところが、大学は入りっ放しだ。入ったら、もう単位を取って卒業するだけ。大学の先生も、特に責任を感じないから、簡単な試験で単位を与えてしまう。もし、卒業試験なるものがあって、それに合格しないと卒業できないような仕組みになっていれば、大学生はもっと真面目に勉強するはずだ。今は、せいぜい就職のための勉強をするだけであり、そういった試験では、大学での学習はさほど問われない。大学によって教えていることが不統一だから、公平な試験ができないためである。

大学院へ進学した人は、学部のときの勉強をしっかりと復習するはずだ。その大学で教えたことから出題される場合が多いから、外部から受験する人は、その大学の講義の内容を知る必要がある。結果的に、大学院出の人は大学できちんと学んだこととなる。

逆に、大学出の人は、大学で学んだことが身についていない。実質的には、大学を落第したのと同じだといっても良い。司法試験のような資格試験がある分野が例外となるものの、それでも大学で学んだことを網羅《もうら》してはいない。

そういう落第者ばかりだから、若者や後輩に対しても、「大学生になったら、好きなことを思う存分すれば良い」みたいなアドバイスばかりになる。海外を放浪したり、バイトやクラブを思う存分楽しめ、ということらしい。まあ、休学してするならば、それもたしかに一つの道だとは思うけれど……。

大学では真面目に勉強した方が良い、と僕は思っている。僕自身、大学院受験のとき、人生で一番勉強した。ちゃんと講義を受けておけば良かった、と後悔したクチだった。

6 戦争の体験はないが、戦争反対を強く後世に伝える責任は感じる。

「自分たちがやったのではない」と若者は考えるだろう。僕だって、戦後の生まれだから、「馬鹿なことをしたものだ」という憤《いきどお》りはあるものの、自分自身の責任は感じない。現代の若者は、戦後半世紀以上経ってから生まれているのである。責任など、これっぽっちも感じないはずだ。徳川と豊臣が関ヶ原で戦ったのと同じくらい昔のこと、歴史上の出来事でしかない。

だから、今でも他国から、日本の戦争責任を問われていることに対して、多くの人は眉を顰《ひそ》めるしかない。「先祖が悪いことをしました」くらいの言葉ならいくらでも言えるだろうけれど、いざ、賠償《ばいしょう》しろとなると、どうして自分たちが金を払わないといけないのか、と思うのが自然だろう。特に、日本人というのは、「悪いのはお前の方だ！」と頭ごなしに言われるほど、かえって反発して、頭を下げにくくなるものである。

しかし、冷静になって考えてみよう。もし、自分たちの責任ではない、という理屈が正しければ、戦争体験者がいなくなった時点で、社会はリセットされたも同然である。

戦争を体験した人たちは、二度とあんな馬鹿なことはしない、と心に刻んだはずだけれど、それも白紙に戻る。つまり、それではなにも学ばなかったことにもなりかねない。

人間は、歳を取るほど経験を積み重ねる。沢山のことを学習する。だが、その人が死んでしまえば、ゼロに戻る。その人が書き残したものは残っても、それを「昔のことだ」と解釈してしまえば、教訓としては薄まり、次第になにもなかったのと同じになる。

それで良いのだろうか？

過去の失敗を繰り返さないために、法律や憲法が作られ、その精神に則した社会にしていかなければならない。その仕組みは既に作られている。しかし、法律も憲法も、大多数の国民が変えようと思えば、いつでも変えられるのだ。

たとえば、独裁者が国民を扇動して、戦争を仕掛けた事例が過去にあった。独裁者の多くは、国民の投票によって選ばれている。国民は、ときにそういう間違いをしてしまう。国民を上手にコントロールするような「宣伝」をするからだ。現代のネットの普及は、その宣伝の危険性が、かつてより高まっているように見えなくもない。

「絆《きずな》」というものに日本人は弱い。みんなで気持ちを一つにすることが好きな民族だ。そういうものが、商売にも利用される。もっと危険な方向へも向かいはしないか、と水を差す人が、少し多めに、それこそ煩《うるさ》いくらいいた方が、良いようにも思う。

7 「そして、誰もいなくならなかった」というタイトルはいかがか。

有名作品を単に否定形にしただけのものだが、ここからいろいろ考えてみよう。

実は、自然を観察すると、すべてのものが「いなくなる」運命にある。放っておけば、なんでも朽《く》ち果てる。生物は死んで、生物ではなくなり、すべてが分解する。人間も例外なく、この世からいなくなる。だから、「誰もいなくなった」というのは、実にリアルな現実なのだ。謎でもなんでもない。時間さえ経てば、自然にそうなる。

一方で、誰もいなくならない、つまり、ずっと全員がいる、という状況は、短い時間なら成り立つけれど、少し長い時間で観察すれば、奇跡的な状況といえる。ありえないことなのだ。

だから、ミステリィ小説のタイトルとしては、「誰もいなくなった」よりも「誰もいなくならなかった」の方が、不思議な状況であり、まさに本物の「ミステリィ」になるはずだ。しかし、人々がそう感じないのは、どうしてなのか？

これは、「死」というものの認識が、歪曲《わいきょく》されているからだろう。人間は、死を知っているけれど、死をけっして身近なものとして受け入れない傾向にある。

周囲の人が亡くなったとき、人々は一様に驚く。「びっくりした」「思いもしなかった」と口にするのである。でも、それって変な話ではないか。だったら、ずっと生きていると信じていたのか？　ロボットじゃあるまいし、生きている人間なのだから、死ぬのは当たり前だろう。だが、絶対にそうは考えない。「信じる」という動詞が既に、「生き続ける」という願望を含んでいるともいえる。

自分自身に関しても、「明日がない」可能性など考えもしないはずだ。体調が悪いときでさえも、すぐに死ぬとは考えない。そういうことを考えること自体が不吉であり、死に取り憑《つ》かれる、と恐れている。死を話題にすると場が暗くなるから、みんなで忘れてしまいましょう、と笑顔を作る。

「健康」という意識が、この最たるものだろう。「元気」というのも、同じかもしれない。まるで、それが「正しい」状況だと信じている。信じたいのだ。結局、神もこれを信じるためのツールでしかない。

だが、少し冷静になってもらいたい。健康こそ奇跡ではないか。生きていることこそ、奇跡的な状況なのだ。いつ消えるかもしれない。せめて生きている間は、死の覚悟を持った方がよろしい、と僕は考える。場が暗くなるが、僕は暗い場所が大好きだ。

8 「そして、誰もいらなくなった」というタイトルはいかがか。

「ら」の一字が加わっただけである。しかし、一気に現実的、社会的、そして身近な問題になる。そう、人間は誰も、死ぬだいぶまえに、いらなくなる。不要になるのである。

自分にとっていらなくなることはない。自分は、自分を生かすために必要だからだ。しかし、周囲の人々、ひいては社会が、あなたを必要としているかどうかは、かなりシビアな問題となるだろう。人間は一人で生きているのではない。社会に生かされているのだから、多少は、自分が何の役に立っているのか、という意識を持ってもバチは当たらない。

複雑な問題だが、雑駁《ざっぱく》にいってしまえば、「仕事をしていれば、社会の役に立っている」と主張できるはずだ。まあまあ、だいたいそうかも。もちろん、例外もある。たとえば、泥棒が認識している「仕事」は、例外かもしれない。定義の問題となる。そもそも、「仕事」とは、社会の役に立つ行為だ、と定義しても良いだろう。だいたいではあるが。

昨今は、ＡＩが人間の仕事を奪う、という話題で持ちきりだ。このテーマは、百年以上まえから話題になっていたはず。当時はＡＩではなく、「機械」といっただけだ。

機械は、実際に人間の仕事を沢山奪った。その結果、人間は苦労しなくて良くなり、机に向かってできる楽な仕事に就《つ》く人が増えた。今度は、そういう肉体的に楽な仕事までも、ＡＩに取り上げられてしまいそうな段階に至った。おそらく、結果的に人間はますます楽になって、働かなくても良くなるはずである。

これが、「誰もいらなくなる」という意味に近い。たしかに、人間がいなくても、社会が回っていく。生産は行われ、人間が生きるために必要な環境は維持できるかもしれない。働かないと金を儲《もう》けることができなくなる、と心配している人が多いが、機械やＡＩが同じだけ仕事を肩代わりしているのだから、貧しい社会にはならない。もともと、「社会」というのは人間のためにある、人間を生かす装置なのだから、基本的に人間にとって悪いようにはならないだろう。機械もＡＩも人間からは搾取《さくしゅ》しない。搾取しようとするのは、いつの時代も人間だったし、これからも変わらない。

こうして、誰もいらなくなった、という状況になるかもしれない。しかし、社会の役に立たなくなった人間も、誰かの役に立つかもしれない。たとえば、恋人どうしであれば、お互いになくてはならない存在であるから、役に立っているといえる。それどころか、一人でこっそり遊んでいる僕みたいな人間でも、自分は自分の役に立っている。自分の役に立つ生き方こそ、「孤独」という一人楽園なのではないか、と思う。

9 「群れるな」という教えについて。

これは、僕が子供の頃によく言われた言葉である。「男は、群れるものじゃない」などとも教えられた。現代だったら、「男は」の部分で炎上するだろう。

ところが、今の人たちは、「群れる」ことを「善」と認識しているように見受けられる。子供を育てる親の多くは、「みんなと仲良く遊んでほしい」と願っているようだ。自分の子供が一人ぼっちで遊んでいると心配になるらしい。

僕は、自分が平均的な人たちとは違っているかな、と自覚しているし、自分のやり方、考え方、意見、認識などを他者に押しつけることも大嫌いなので、このように文章を書いてはいるものの、ことあるごとに、べつにどちらでも良い、こうしてほしいという奨励ではない、と繰り返して口が酸《す》っぱくなっている。だから、今さら「群れるな」というつもりは毛頭ないし、今の人たちにはどだい無理だろうな、とも感じている。

しかし、最近ある本で読んだのだが、上皇后の美智子様が若い頃に、「群れるな」との教育を母親から受けた、と書かれていた。この教えに従い、学校などでも友達と一緒に騒ぐようなことはなく、一人静かに本を読まれていた、とあった。つまり、女性であっても、この時代には、そのような教えが確かにあったのだ。森家が特別ではなかったことがわかったので、少しほっとしている（これは誇張です）。

注意してもらいたいのは、「群れるな」というのが、「友達を無視しろ」ということではない、という点だ。群れなくても、友達はできる。一見友達の「数」は少ないように観察されるかもしれないものの、「数」に価値があるのではないことくらい、ご理解いただけると思う。

大勢で遊ぶときもあれば、一人で遊ぶときもある。どちらでも良い。ただ、たとえば、自分がやりたいことが、他人を巻き込まないとできないことだと、やや問題だ、という点に気づいてもらいたい。この延長で、大勢でないと楽しめない人間が作られてしまう。そういったことを窘《たしな》めた言葉が、「群れるな」なのである。

もし主張があるなら、一人で主張する。周りの賛同を得て、連《つる》んですることはない。そういうのは、政治家に任せておけばよろしい。政治は、多数決で進めるものだから、そうなるのはテクニック的にしかたがない選択だ。だが、自分の人生は多数決ではない。

「でも、みんながこう言っている」と主張する人がたまにいる。僕はこう答えるだろう。「そのみんなは、君にとって、そんなに大事な人たちなの？」

10 「誰か見て」「誰か教えて」と立ち止まって前進しない幼さ。

広い場所だったり、人が大勢いない場合は、特に問題ではない。放っておけば良いことだ。だが、社会というのは、大勢の人間がいるし、その大勢がだいたい同じ方向へ流れているものである。そういった流れが自然にできていて、多かれ少なかれ、その流れに乗っていることになる。僕のような世捨て人の捻《ひね》くれ者であっても、それは例外ではない。川で遊んでいて、各自が自由に泳いでいる場合でも、誰もが川の流れに乗っているのと同じだ。ただ、ときどき足を川底について立つ人間がいる。

みんなが川で遊んでいるときに、「誰か僕を見て」「誰か、私に泳ぎ方を教えて」と言っているのだ。親切な人はどこにでもいるから、だいたいは近くにいる誰かが、「どうしたの？」と相手をしてくれるだろう。こういう平和な社会が、今という時代である。

その人は無知なわけではない。みんなと同じだ。周囲で遊んでいる人たちも、べつに泳ぎ方を知っているわけではない。水に入って、好きなように遊んでいる。それが楽しいから、笑顔になり、歓声を上げ、はしゃいでいるだけだ。

そんな楽しそうな人を眺《なが》めて、自分にはやり方がわからない。自分はみんなを見ているのに、みんなは自分を見てくれない、と思った一人が、そこに突っ立っているのだ。

このような状況は、人間だから生じる。猿などではこうはならない。みんな勝手に遊ぶだろう。周囲のみんながしていることを眺めて、同じようにする。人間の場合でも、幼い子供だったらそうなる。見よう見真似《みまね》で仲間に入るはずである。仲間というのは、傍《はた》から観察したときの評価であって、遊んでいる連中は、仲間なんて意識していない。ただ、突っ立っている一人は、自分は仲間外れだ、と思い込むだろう。

ネットの普及によって、こんな「突っ立ち者」が目立つようになった。たぶん、大人に囲まれて、子供の頃から「可愛いね」「上手だね」という声援を受け続けて育ち、突然社会に放り出された人だろう。ずっと、周囲から注目されていたのに、誰も自分を見てくれない。ずっと、周囲から教えてもらえたのに、今は誰も自分に教えてくれない。

周囲から見ると、突っ立っている一人が邪魔なのだ。流れに逆らっているようなものだから。大勢が歩いている道で、突っ立ってキョロキョロしていたら、迷惑だろう。周囲の人と話をするのだって、同じ方向へ同じ速度で歩いて、間隔を保たないといけない。みんな、立ち止まって話を聞くほど暇《ひま》ではない。

人間の弱い部分が、ここにあると思う。かまってほしい、という幼さである。

11 「やさぐれる」の意味を知っている人は、あまりいないと見たぜ。

僕が持っている辞典には載っていなかった。「あの人、ちょっとやさぐれた感じですよね」なんて言ったものだ。なんとなく、ふてくされているとか、ちょっと悪ぶっているとか、素直で明るいタイプではない、というような人の雰囲気を形容する言葉だ。

僕は、やさぐれるの「やさ」は、「優しい」の「やさ」だと思っていた。つまり、優しく「ぐれる」から、「やさぐれる」なのかな、と。でもこれは全然違っていた。

「やさ」は、刀の「鞘《さや》」のことらしい。「ぐれる」は「外れる」の意味だから、鞘に納《おさ》まっていない、つまり「家出をした」という意味らしい。だが、そういう意味で使っているのを実際に聞いたことはない。むしろ、最近使われる「ちょいわる」に近いような気がするのだが、いかがだろうか。

「ぐれる」というのは、いかにも外来語のような響きだ。「グループ」から来ていて、悪い友達と連《つる》むことではないか、と想像したが、そうではない。江戸時代からあった言葉らしく、やはり「外れる」に近い意味だったらしい。「青少年が、生活態度が乱れ、反社会的・反抗的な行動を取ること」と、こちらは辞書にあった。

「愚連隊」というのは、僕が若い頃にたびたび耳にした言葉で、ようするに「ぐれた連中」という意味だ。「愚連」は単なる当て字で、これも「ぐれる」からきている。僕の父がよくこの言葉を使っていたように記憶している。「あいつは、もともと愚連隊だったから」みたいに話した。建築業を営んでいたから、職人や人夫にそういう人がいるのか、と子供心に、軍隊の残党のようなものを想像していた。最近だと、「半グレ」という用語がマスコミに登場している。初めて聞いたときには、半グレィのことかと思った。白黒がはっきりしない場合を「グレィ」と評するが、さらにその半分で、ライトグレィなのかな、と思っていたら勘違いだった。これも、暴力団ほどぐれてはいない、ということらしい。

「ふてくされる」という言葉がある。「ふてる」だけでもほぼ同じ意味だ。「ふて寝」は、ふてくされて寝ることである。別の言葉で表現すると、投げやりになる、だろうか。「ぐれる」にけっこう似ているが、単に拗《す》ねているだけで、態度が悪くなるほどキレてはいない。そうそう、「キレる」という動詞も、最近のもので、いろいろなバリエーションがある。拗ねるかキレるかして、ぐれてしまい、やさぐれるのだろうか。

やさぐれたキャラクタは、根強い人気があるようだ。過去に闇のある雰囲気というか、人を惹《ひ》きつける要素があるらしい。公明正大な明るい人よりも深みがあるように見える。

12

「自由」とは、すなわち「不安定」な状態のことである。

なにものにも束縛されないことを「自由」だと考えている人は多い。周囲の誰からも叱られず、指示されず、命令されず、ノルマもないし、制限もない、そんな状態をぼんやりと想像しているのだろう。

たとえば、地面に置かれたものは、そこに静止している。何故なら、重力によって下に落ちようとする力と、地面の反発力が釣り合っているからだ。地面という拘束によって、そこに安定を得ている。

なにものからも力を受けないといえば、宙に浮いているような状態である。ちょうどヘリコプタがホバリングしているようなところを想像するかもしれない。ヘリコプタは、ロータを回して、空気を下方向へ送っている、この反動で得られる揚力が重力と釣り合っているから、空中に留まれる。だから、地面に置かれているのと大差はない。

しかし、地面にどっしりと置かれた石は、ヘリコプタのように自由に左右に動けないし、好きなところへ飛んでいくこともできない。やっぱり自由は良いな、と感じる人が多いことだろう。

この自由を得るためには、ロータを回すエネルギィが必要だ。生きるためにはエネルギィが必要だ、というのと、ほとんど同じである。生きていることは、空中に浮き続けているような行為といっても良いだろう。

浮いているだけでは駄目で、安定した位置を保持しなければならない。そうしないと、周囲との軋轢《あつれき》を生み、社会から弾《はじ》き飛ばされてしまうだろう。空中に停止するためには、常に自分がどちらへ動いているか、どちらへ傾いているかを意識し、それを修正し続けなければならない。ヘリコプタがホバリング中、ちょうどこの操作をしている。パイロットは、常に舵《かじ》を切って、その場に留まる操縦で、とても忙しい。普通に飛んでいる（前進している）ときの方が、ホバリングよりもずっと簡単なのである。

なにものにも拘束されない「自由」を得るためには、エネルギィも必要だし、自分の位置や傾きを感知するセンサ、そして素早い姿勢制御の操作が必要だ、ということになる。

そもそも、「自由」と「不安定」は、ほとんど同じ意味なのである。自由だから不安定になる。不安定になることを自由といっても良い。したがって、ただの不安定ではなく、自分の思うような「自由」、すなわち「自在」であること。それこそが、人間が目指すべき状態だ、と僕は考えている。

13

老後二千万円問題を、遠くから白けて眺めていました。

年金だけでは不充分で、老後のために二千万が必要、と大臣が発言したら、炎上騒ぎになったらしい。野党は猛反発して、「年金詐欺《さぎ》ではないか」と追及したとか。

そのニュースを見て、僕はびっくりした。「え、もしかして、年金だけで充分だって、信じていた人がいるの？」と。いくらの年金がもらえるのかは、公開されている。その額が減ったり、もらえる時期が遅れそうな気配はあるものの、いずれにしても、それだけで生活していけないことは誰だってわかるだろう。月々の金額が出ているし、自分がだいたいどれくらいで生活しているかも、知っているはずだ。詐欺でもなんでもない。「年金があるからもう大丈夫だ」と信じている方がいたら、かなりのぼんやり頭ではないか。

今判明したことではない。ずう〜っと以前から、何度も繰り返し試算されているし、物価もほとんど変わっていないのだから、今後の予測も簡単だと思われる。

野党は、今頃になってそれを言いだすことで、完全に自己矛盾に陥《おちい》っている。どうして、もっと早く追及しなかったのか。まさか、政府の年金政策を「安心な老後設計だ」

と信じていたというのか。そちらの方が詐欺ではないのか？　さらにおめでたいことである。

「安心」というキャッチフレーズを信じていたとしたら、さらにおめでたいことである。宣伝文句を鵜呑《うの》みにして、洗剤メーカに「真っ白にならなかった」とクレームを言うようなものだ。「安心だと言ったじゃないか」と怒るのは、単に言葉の揚げ足取りでしかない。何故、そのまえに金額が不足ではないか、と主張しなかったのか？

年金のシステムが破綻《はたん》することは、三十年もまえに予想されていた。それでも、いろいろ工面《くめん》をして、なんとか形ばかりの継続を模索している最中だ。目減りしたことは否めない。でも、ゼロになるよりはましだ、と僕は思っている。

北欧の福祉国家では、年金で老後の生活が可能らしい。だが、そういった国では、消費税が二十五パーセントも取られる。日本はようやく十パーセントになったばかり。そりゃあ無理な話だろう、というくらいは理解したい。消費税には反対し、年金では老後を保障しろとおっしゃる。いったいどうしたいのか、全然わからない。

「安心」も「安全」も、ファジィな言葉だ。意味の定義が、人によって異なるのだろう。そんなことは当然である。なのに、「安心だと言ったじゃないか」「安全だと言ったじゃないか」と怒る人が多いのは不思議だ。とにかく、言葉を信じるのをやめた方がよろしい、と僕は思う。言葉ではなく、数字をもっと大事に受け止めなさい、と。

14 「子供の科学」で連載を始めて、文章を書くことの難しさを実感している。

「子供の科学」という月刊誌を、もう五十年ほど愛読している。日本の雑誌で、ずっと購読し続けているのは、これと「鉄道模型趣味」の二誌だけになった（アメリカやイギリスの雑誌になると、バックナンバも揃《そろ》えて、さらに長く購読しているものが数誌ある）。

そのお世話になった「子供の科学」に、今年の四月号から毎月の連載を始めた。依頼されて書くことにしたのだが、面白可笑《おか》しく書くわけでもなく、読者を煙《けむ》に巻くこともできず、まして詩的な感性に訴えてもしかたなく、真っ直ぐに情報を発信しなければならないので、大変に難しい。文章を書くことは大変だ、とつくづく思う。毎月僅《わず》かな量であり、本書のエッセィ一編よりも文字数が少ない。しかし、図面や写真が必要であり、だいたい三日はかけて準備をしている。もちろん、原稿料はいただいているので、なんの文句もなく、無料でも引き受けただろう、と思っている。

難しさの根源は、相手の幅が広い、という点だろう。読者の層が広い範囲にある、ということだ。子供も読むし、大人も読む。学者も読むし、一般の方も読む。普段の作家活動では、読む人はだいたい同じグループと見なせる。「読書好き」という人たちだ。ほぼ文系の方で、文章を読むことが好きな人たちである。だいたい日本人の千人に一人くらいのグループといえる。これに対して、「子供の科学」を読む層は、もっと幅広い。小説なんか読まない人がほとんどだ。理系も多いし、理系といってもいろいろな分野がある。

そういう広い範囲を意識すると、どこまで書くのか、何を書かないでおくか、という選択に迷う。いい加減なことは書けないし、もちろん間違っていたら大変だ。でも、書かなければ「間違い」と見なされる可能性もある。難しい判断をしなければならない。

世の中の事象というのは、こうだと断言できることは滅多《めった》にない。一般的には常識であっても、その専門分野では例外が存在することが当たり前、という場合が多い。それを断言して書くと、専門家からは「知らないのか?」とお叱りを受ける。だからといって、いちいち例外があることを、注釈をつけて書いていたら、一般の方からは敬遠されてしまう。「どうでも良い知識をひけらかしている」と非難されるだろう。現に、処女作が世に出たとき、この非難が非常に多かった。「作者は理系の知識を自慢したいだけだ」というわけである。そういうふうに取る人が、千人に一人のグループには多いとわかったので、以後は少なめにしているところである。

ただ、工作少年からのメールを幾つかいただき、もう元は取れたと感じている。

15
YouTubeで動画公開を始めて十年になる。もしかして僕はユーチューバか？

二〇〇九年の七月から、YouTubeに自分のチャンネルを持っている。今年で十年になる。僕の庭園鉄道、欠伸《あくび》軽便《けいびん》鉄道関連の約六百の動画をアップしていて、一部のファンの方には親しまれているし、世界中から毎日のようにメッセージをいただいている。ブログは、二十三年以上続けてきたが、今年で終了しようと考えている。YouTubeの方は、もう少しチャンネルを残しておくし、まだ動画をアップするかもしれない。

それにしても、この十年の間に、ネットでは動画が当たり前になった。十年まえも、既に動画は流通していたけれど、まだ「重かった」時代である。自分のブログなどに動画を貼ると、サーバのメモリィ料が跳《は》ね上がるから、しかたなく無料のYouTubeを始めてみたのだ。僕としては「仮」のつもりだった。そんなに長く続くとは思えなかったからである。ところが、あっという間にYouTubeはメジャになり、世界に君臨した。たぶん、まだしばらくは安泰だろう。

もちろん、十年の間に、画像は大きくなったし、サイトの機能も増えている。しかし、なによりも大きいのは、見る人が増えたことだろう。ユーザが増えるということが、いかに大事なことかがわかる。翻《ひるがえ》ってみると、日本のあらゆる文化は、この逆の傾向にあって、どんどん良いものを創り出しているのに、受け手が減っている。結果的にマニアックにならざるをえない。メジャなプラットホームが日本で育たない所以《ゆえん》である。

書籍などが、その好例かもしれない。本を読む人が減っていて、本当に超マイナでスペシャルな趣味になった。プラモデルのガンダムのファンと同じくらいなのではないか、と思えるほどである。読書よりも、鉄道模型の趣味の方がずっとメジャだ。それに、模型の趣味は世界中に同好の士が存在し、世界中にマーケットが展開している。書籍というのは、いかんせん、言語に制限される。電子書籍にして、自動翻訳が本に含まれた機能となるのは、まだだいぶさきのようである。

さて、僕自身は、YouTube の自分のチャンネルに宣伝は入れていない。ここで儲けようなんて気はないからだ。数年まえから、動画をアップして金を稼《かせ》ぐ人が注目を集めているけれど、注目が集まるのは、その仕事がまだ珍しく、非常に少数の人だけだからである。道理を考えるとわかるが、仕事として一般的になるには、少々無理があるようにも思える。多くの人が、金を出してまで見たいとは思っていないし、宣伝効果が顕著《けんちょ》にあるとも見えないからだ。さて、次の十年で、どんな方向へ展開するのだろうか。

16 血筋が途絶えることに、どうして抵抗するのか、理由が全然わからない。

田舎《いなか》へ行くと、先祖代々の土地への執着が根強いことが観察できる。そんなに昔から続いているとは思えないのに、生まれた村を離れることへの抵抗、田畑を手放すことへの抵抗が根強い。それと同じく、血を絶やさない、という文化が存在する。最近は、結婚する人の割合が減っているし、生まれてくる子供の数も減少しているのだから、その家の血がどこかで途切れることは、大いにありえるだろう。

天皇が交代し、早くもその次の候補者のことや、天皇家の血筋のことが話題になっている。女性天皇、女系天皇といった言葉も聞かれる。「そうしないと、天皇家の存続に関わる」という理屈が前提となっているようだ。

誰か教えてほしい。どうして、天皇家の血が絶えることをそんなに恐れているのだろうか？　もちろん、日本の文化として、長く続いていることは知っている。大事にしなければならない、というのもわかる。だが、それが「誇らしい」とは思わないし、制度を変更してまで、存続させる理由は何だろうか？

　昔は、もちろん意味があった。血筋は神聖化されていて、大事なことだった。これは、「縁起《えんぎ》」のようなもので、神を信じるのと同じ理由である。だが、今はそうではない。誰も天皇が神だとは思っていない。なんとなく昔からの血筋である、というだけだ。

　みんながそれを認めて、みんながそれを支援しているのだから、きっとそういう存在は必要なのだろう。しかし、だからといって、無理に世継ぎを作るわけにもいかない。それこそ人権に関わるだろう。であれば、自然に消滅するのならば、それはそれでしかたがないことではないか。永遠に続くはずはない。人は誰も死ぬのだし、血はいずれは絶えるのである。

　つまり、昔と違うのは、その血を守るために何をして良いか、という条件、すなわち法律である。現代では、側室《そくしつ》を大勢抱えて、子供を多く作ることが許されない（もしかして、許されるのかもしれないけれど、一般的には受け入れられないだろう）。であれば、「努力」のしようもない。せめて制度を変更しよう、という気持ちはわかるけれど、だったら、何でも良いのか、という話にならないだろうか？　どこか間違っているだろうか？

　僕は、血がつながっていることに意味があるとは考えない人間だ。親子の関係も、育てた時間に意味がある、とは思う。だから、養子でもまったく同じだ。天皇家も、養子縁組をすれば良い、というつもりはないけれど、それもありかな、くらいには思う。

17 現地に立たないと感じられないのは、ある意味、鈍い感性である。

親孝行として、何をしてやりたいか。多くの人が、両親と一緒に温泉へ行く、と答えている。定年退職したら、何をしたいか。多くの人が、夫婦で世界旅行を楽しみたい、と答えている。

まあ、それは良いとして、旅行から帰ってきたら何をするの？　というのが、僕の疑問である。旅行って、せいぜい長くても二週間くらいではないのか。親孝行も老後も、そんなに短い時間の計画を聞きたいわけではない。もう少し長い時間、たとえば、数年単位の希望、あるいは計画をお持ちだろうか。

外国へ行きたい、は聞くけれど、外国に住みたい、というのはあまり聞かない。何故だろう？　いったいどうしてわざわざ旅行がしたいのか、僕には不思議なのである。

僕は、旅行がしたいと思わない人間だ。どこか気に入った場所があったら、そこに住みたいとは考える。そこに一時的に立ちたいとは、まったく発想しない。そんな短い時間だったら、わざわざ金を使って行かなくても、想像できるだろう、と思う。

実際、場所というのは、せめて一年は住んでみないと、どんなところかわからないだろう。なにしろ、季節によって違う。地球が太陽の周りを一巡《めぐ》りするくらいは、眺め続けていないと実感できないはずだ。自然は毎年違っているから、一年でも本当のところはわからない。せめて五年はいないと駄目なのではないか。

現地に行かなくても、ほとんどのことが想像できる、と話すと、「いえ、その場に立たないと、雰囲気が肌で感じられない」との反論がある。だが、その雰囲気なんて、一瞬のものであり、たまたまその時間のその天候のもの。その人が目に留めたものだって、その人の前方にたまたまあったものだ。後ろは見えないし、障害物があれば見ることはできない。非常に限られた極めて少数の情報でしかない。それに比べて、頭で思い描くものは、はるかに情報量が多い。本を読み、歴史を知ることで、もっと想像できるものは増えるだろう。旅行に出かける金と時間があるなら、そちらに使った方がずっと有意義ではないだろうか。どうも、皆さんの行動を見ていると、ただ写真を撮ってきただけの行為で、人にそれを見せることが目的だったのか、と勘ぐってしまう。

もちろん、僕はそう考えていますよ、というだけで、みんなもそうしなさい、ということではない。そう考えられない人は、金と時間を使って出かけていけば良いだろう。ご自由に、というだけのことである。

18 本当に戦力を放棄していたら、今頃どうなっていただろうか？

日本の憲法には、戦争の放棄、戦力の不保持が謳《うた》われている。今の政権は、このままでは自衛隊の存在が矛盾する、と気にしていて、憲法改正によって、その矛盾を消そう、あるいは和《やわ》らげよう、としているらしい。

だが、正論を僕は述べたい。その矛盾は何故生じたのか。どうして自衛隊があるのか。まずは、そこが問題だろう。自衛隊があるから、憲法を変えたいというのは、あまりにもご都合主義、虫の良い言い分である。だいいち、自衛隊は憲法に矛盾しないというスタンスで今まで通してきたのではなかったのか。僕はそう理解している。改憲を主張するというのは、矛盾を認めることと等しい。

さて、憲法に従って、自衛隊など作らなかったら、どうなっていただろう。否、アメリカの圧力で自衛隊を組織したという話もあるので、そこは（敗戦国として文句がいえる立場ではなかったから）しかたがないとしても、何故、早めに自衛隊を解散しなかったのか。もし、解散していたら、今頃どうなっていただろう。

まずは、軍事関係の膨大《ぼうだい》な予算が、別のことに回せるのだから、国内外で大いにインフラが発達しただろう。これがメリット。一方、周辺国からの武力での威嚇《いかく》に対して、どう対処すれば良いのか、という不安を抱えていたかもしれない。これがデメリットだ。

戦闘機の購入にかける金を福祉に回していれば、という話はよく聞かれるところだが、政治家も沢山いて、それ以上に官僚や公務員も沢山いるが、それぞれに予算を配分して、それで仕事をしているわけだから、なにかをやめてこちらへ回せば、という話は、どんなレベルであれ、必ず出る。だが、そういったバランスを取った結果が今の状態かもしれない。単純に一つを消し一つを足すといった空想は、あくまでも空想でしかない。

もし、自衛隊を組織せず、すべてアメリカの軍隊に安全保障を任せるとしたら、どれくらいの金がかかっていただろうか。これは、単純に考えると、少し高めになるのではないか、と想像するしかない。自前でやった方が安くつく、というと語弊《ごへい》があるけれど、たぶん、それが普通の感覚だろう。

しかも、そんな体制になっていれば、今以上にアメリカに頭が上がらない状態になっているはずであり、経済的なデメリットも生じているだろう。違うだろうか？

ようするに、こういった架空のことを議論しても、あまり得るものはない、ということがわかるのが、せいぜいではないだろうか。でも、考えないよりはましかな？

19
「謝罪しろ」という怒りは、謝罪されたら行き場を失って、困ることになる。

「謝罪」という行為は、「謝罪しろ」と命じられてするものではない。自発的でなければ九割方意味がない、ということを以前に書いた。すなわち、「謝罪しろ」と声を荒げるほど、謝罪はできなくなる。謝罪というのは、そういうものだからしかたがない。穿《うが》った見方かもしれないが、「謝罪しろ」と訴える側も、謝罪をしてほしくない可能性が高い。簡単に謝罪されてしまったら、自分たちの怒りのアイデンティティの持って行き場がなくなるからだ。

ちょっと想像してみてほしい。誰かがもの凄く怒っていて、相手を罵《ののし》り、「謝《あやま》れ！」と怒鳴っている場面は、ときどき観察されるが、そこで、非があった方が頭を下げて、謝罪したときに、怒っている人は、すぐに許すだろうか？　僕は、そんな光景に出会ったことが一度もない。たいてい、謝っているのに、怒り続けているのだ。

「謝って済むことか！」と怒鳴ったりするし、「そんな謝り方があるか」とも叫ぶ。「謝るくらいなら、するな」と無理を言ったりするのだ。

激しく怒ってしまった人が、謝罪ですっきり納得するという実例を、僕は知らない。謝罪で解決する例は、叱っている側が感情的になっていない、つまり怒っていない場合に限られる。この場合は、謝ることで、問題が解決する。せいぜい「以後は気をつけてね」くらいの要求を追加して終わることになる。

であるから、謝罪というのは、怒る側に許すだけの度量がないと成立しない、ということになる。いかにも謝罪する方に責任があるように見えて、実のところ、問題を抱えているのは怒っている側であり、その事態の解決の責任は、怒っている側にあるといっても良いのだ。

怒りたい人は、とにかく相手を罵っている間はアイデンティティが維持できて気持ちが良い。自分が偉《えら》くなったような感覚だからだ。叱られる側は、特になにも感じていなくても、怒っている側は自分が優位にあると錯覚できる。その優位性は、問題が解決することで消散してしまうのだから、できればずっと怒り続けていたい。つまり、謝罪なんかしてほしくないのだ。むしろ、反発してほしい。睨《にら》み返してくれれば、もっと怒れるし、さらに問題を大きくできるから、願ったり叶ったりなのである。

もちろんいずれは、怒ることにも疲れるから、いいかげんにやめたい、と冷めるだろう。そのときになって、ようやく謝罪が有効となる。つまらないことである。

20 運転が自動化されたとき、交通事故被害者の怒りはどこへ向かうのだろうか？

どんなものにも、責任者というものがだいたい決まっている。なにかの不祥事なり事故なりが起こってしまった場合、責任者を出せ、という話になる。特に、トラブルで損害を受けた人たちは、責任者を問い詰め、どうなっているんだ、どうしてくれるのか、と怒りをぶつける。損を取り返すことは、通常は難しい。それこそ、誰かに怒りをぶつけないとやっていられない、というのが人間の感情である。ある意味、これは健全な反応といえるだろう。そして、その怒りは組織ではなく、個人へ向けられるのが普通だ。組織のトップが謝罪しなければ収拾しない、という状況になるのである。

最近、交通事故のニュースがよく取り上げられる。特に運転していたのが高齢者だと、憤りは過熱する。年寄りは免許を返上しろ、という世論になる。おそらく、安全装置を装備した自動車を売り込むためのプロモートなのだろう、と僕は見ている。ビジネスチャンスは、今では仕掛けて作り出すもの、というのが常識になっているからだ。

さて、近い将来に、自動車の運転は自動化するだろう。そうなった場合でも、事故がなくなるとは思えない。ただ、誰の責任で事故が発生したのかが、少々わかりにくくなるはずである。

ＡＩが悪い、という簡単な判断では済まされない。そのシステムを設計した人、それを作ったメーカ、あるいは安全性を保証した公共機関？　自動車に限ったことではない。いろいろなトラブルが、今後は人間以外の原因で発生するだろう。責任者が目の前にいない状況が増えてくる。怒りをどこへぶつければ良いだろうか？

人間は、人間に対して怒る。相手がＡＩなどの機械では、怒ることはできない。そういうものには、責任能力というものがない（たぶん）。したがって、無罪なのだ。

あらゆるものが、ＡＩの知能や判断で支えられる時代になる。人間よりは公平であり、正確だ。ミスも少ない。それでも、その判断を恨《うら》めしく感じる人間は必ずいる。ＡＩが裁判の判決を言い渡した場合、それが不服だったら、ＡＩも憎らしくなるだろうか？

これは、たとえば死んだ人間に対して怒ることができるか、という問題ともリンクするだろう。機械は生きていない。死者も生きていないという意味で、同じなのである。卑劣な凶行に及んだ人間が自殺してしまった場合、被害者は誰に対して怒れば良いだろうか。怒る対象、つまり憎らしい人間の存在は、ある意味では好条件だといえる。相手がいないことは、より不幸な状況となりうる。責任者が人間なのは、今のうちかも。

21 「〜ともあろう者が」と非難されるが、勝手にイメージしたのは誰だ？

その人物の地位を用いて、「総理ともあろう人が」などと言う場合には、その肩書きに相応《ふさわ》しくない行いを非難しているので、まあ理屈が通る。その地位に選ばれたのだから、それ相応の品行を求められることは、常識的にあるだろう。

だが、「森博嗣ともあろうお方が」など、個人名になると、やや違和感を抱かせるものの言いとなる。どうしてかというと、それを発言している人が「こうあってほしい森博嗣」を想定しているからだ。「僕がイメージしている森博嗣は、そんなことはしない」というようなご意見になる。それを聞いた僕は、「いや、僕が考えている森博嗣だったら、その程度のことはしますよ」としか言い返せない。

ちょっと難しかったかもしれない。つまり、仕事上の立場であれば、しっかりとではないにしても、多くの人が共有できるだいたいの範囲があって、それに近いものは相応しいし、外れている場合は、非難を受けるだろう。普通の人だったら見逃されるものでも、総理大臣だったらできないことは多々あるはずだ。たとえば、指を相手の顔の横に突き立て、こちらを向かせるとか、そういう悪戯《いたずら》はきっとできない。できるかもしれないが、非難する人は多いだろう。非難されると困るのが、総理大臣という立場である。

　森博嗣は、もちろんそんな馬鹿なことはしないが、でも、できないことはない。やったら誰かが非難するかもしれないが、僕はなんとも思わないし、仕事にも影響がない。

　芸能人は、できない人が多いだろう。たとえば、イケメン俳優だったら、格好の悪い真似はできないはずだ。化粧していない顔が出せない女優だっている。それに、悪い評判を気にするのも、人気商売の宿命といえる。その意味では、政治家と同じだ。

　森博嗣は、作家だから、人気商売の一種ではあるけれど、僕個人の人格と、商品である小説などの文章は、少し距離がある。小説を読む人は、僕がどんな人間かなど関係がないだろう（関係があるという方もいるだろうが）。この点において、本人が商品となっている芸能人とは、ずいぶん違っている。

　そんな違いは、まあどうでも良いとして、問題は、どの場合であっても、この言葉を発した人が思い描く人物像に対して相応しくない、ということだから、いつでも、誰に対しても言える便利さはある。「ミッキーマウスともあろうお方が、どうしたことか」などと怒っても、ミッキーはそんなことは知らない。勝手に「こうあろう」と決めたのはそちらでしょう、ということ。強調表現として貧弱なのは明らかである。

22 書店には、新刊ばかり並んでいる。何故、面白い本を並べないのだろうか？

小さい書店は、もう僕が行く範囲にはなくなってしまった。大型の書店も、最近は足を運ぶことはなくなった。書店というのは、ショッピングモールと同じく、どこの店も、代《か》わり映《ば》えがしない。だいたい同じなのだ。入口近くに新刊本が平積みされていて、奥に雑誌コーナがあって、客はだいたいそちらで立ち読みしている。棚にある本を探しても、目当てのものはたいてい見つからない。

日本の書店がこのようになったのは、取次を介したシステムのせいだろう。書店は、自分が売りたい本を買って置いているわけではない。売れなかったら、返本できるから、新しい本を常に並べて、売れ残ったら、次の新しいものと取り替えるだけ。つまりは、陳列する場所を提供しているだけの商売なのだ。何を仕入れたら良いのか、と悩まない。仕入れたからには売らなければならない、という意気込みもない。売りたくても、値引きすることもできない。客から注文があっても、すぐに取り寄せることもできない。

書店のような商売というのは、他に例がない。まず、商品の種類が膨大である。また、商品の性能は不明だ。客は読まないかぎりわからない。客が求める本がない場合、代わりにこれを、と別の商品を出すわけにもいかない。うちの店にしかない商品です、というものは一つもない。これが売れるとわかっているものを大量に仕入れることも難しい。それに加えて、商品一点当たりの利潤が少なく薄利である。

客の多くは、立ち読みで本を消費していく。実際、これは窃盗《せっとう》に近い違法行為だが、大目に見られている。なかには、スマホで写真を撮る客もいる。完全に違法だが、いちいち注意もできない。来店する客の大半は、本を買わない。こんな商売が続くはずがない、と思っていたが、そのとおり、つぎつぎと消えていった。

書店員というのは、意外に重労働である。あれだけの数の商品を取り扱うのだ。出し入れするだけでも一苦労。でも、本が好きな人たちは、この仕事に就きたがる。本の近くにいられるだけで幸せだという。僕は鉄道模型を愛好しているが、鉄道模型の店で働きたいとは、まったく思わない。そういう客の相手をするのも嫌だ。だいぶ感覚が違っているが、僕が天邪鬼《あまのじゃく》だからだろう、きっと。

編集者はオビの文句に知恵を絞り、書店員はポップ広告作りに精を出す。僕は、自分の書いたものが、商品となる過程を観察したけれど、それは微笑《ほほえ》ましく、和《なご》みを感じさせる世界だった。ただ、ビジネスとして、いささか呑気《のんき》すぎるのではないかと感じた。

23 亡くなった人が星になる、というが、人間は星よりはるかにちっぽけな存在だ。

「星になる」というのは、「死んだ」という意味である。人が死んだときに、ときどきこの表現を使う。たぶん、昔の人は、夜空に瞬《またた》く無数の星が、死んだ人の魂《たましい》だと考えていたのだろう。「天に昇る」と表現したりもする。火葬した煙が空に上がるという意味ではなくて、やはり「天国」や「魂」のようなものからイメージされるのだろう。

どういうわけか、地面に埋まっている、とは誰も思わない。墓とか土葬からの連想で、大地に還った、と科学的にもいえると思うのだが、そうはならないようだ。「あの人は、土中の石になったんだ」というのは、ロマンがないのだろうか。

どうやら、死んだ人は高い場所から、この世を見守っているらしい。地面の下からだって、魂だったら、透視能力で見守れるのではないか、と思うけれど、もちろん強く主張するほどのことではない。僕がなにをいっても関係がない。人それぞれのイメージを大切にしていただきたい。

でも、気になるのは大きさだ。星は人間よりもはるかに大きい。死んだ人間が大きくなるのは、物理的にありえない。質量保存の法則にも反している。

星は、昔は小さいものだと認識されていたのだろう。だから、人間が星になれると考えた。しかしながら、星とは恒星のことであり、太陽と同じく燃えたぎっている巨大な天体である。地球よりもずっと大きいのが普通だ。太陽よりも大きいものもざらだ。そういうものに、人間がなれる道理がない。どうやったって無理だろう。しかも、死んだ人間はエネルギィからしても、星にはなれない。むしろ、宇宙の塵《ちり》となった、といった方がはるかにリアルであろう。

遺灰を宇宙に撒《ま》く、という宇宙葬なるものが、（想像で書いているが）きっとあるにちがいない。ビジネスとは、その種の発想をするものだ。この場合、宇宙といっても、実は地球のすぐ近くを回るだけである。ちょっと高いところ、という程度だ。だいいち、地球だって宇宙にあるわけで、その意味では、地球葬は宇宙葬に含まれる。これまで死んだ人間は、すべて宇宙の塵になっているといっても間違いではない。もちろん、多くは地球という小さな星の内部に取り込まれたままだが。

古来、死は不吉なものであったし、死体は不衛生なものだった。だから、燃やしたり、生活圏から離れた場所に埋葬したりした。そして、腐敗した肉体から解放された魂だけが自由に彷徨《さまよ》っている、と考えたのだろう。その人間の想像に、大きな価値がある。

24

現場のレポートの八割は意味がない。無駄なことはやめてはいかがか。

いつからこの馬鹿げた様式が広まったのかわからない。雨風の中へ出ていき、顔を顰《しか》め、ときにはよろけるところを見せる。しかし、レポートしている情報は全然大したことではない。誰も、海岸の様子を知りたいわけではない。自分が住んでいる場所がどうなるのかを心配しているだけだ。あの映像を見て、その場所へ出かけていきたくなる人もいると思う。そういう危険を誘っているようにしか見えない。

大きな被害が出た現場は、野次馬根性で見たい人がいるだろう。もちろん、救助が必要な場合もあるから、その意味で、捜索や警戒をする役目の人もいるし、ボランティアで人助けがしたい人もいるかもしれない。

何が不要かというと、現場に立つレポータである。カメラマンが映像を撮ってくれば、それで充分だ。説明が必要なら、カメラマンの後方で話すか、あるいは収録後にアナウンサがコメントをつけ加えれば良いだろう。

自然災害だけではない。事故や事件などでも、現場にレポータが駆けつける。駆けつけて取材をする必要はあると思うが、現場から中継で報告する必要はまったくない。臨場感を出したいのかもしれないが、その臨場感とは何なのだ、と首を捻るばかりである。臨場感を煽《あお》って、どんな良いことがあるというのか。

おそらく、こういった仕事は、ドローンが飛んでいけば済むものとなる。人間のレポータは必要ない。単に、そこへ実際に行きました、という証明のために自撮りをしているような意味しかないだろう。戦場でレポートするのも同じである。こちらが見たいもの、知りたいものは、その場の状況であって、そこで取材をする人間ではない。

政治関係になると、その国に派遣されている人が出てきて、現地の新聞を見せたりして解説する。それは良いとして、スタジオと質疑応答をしなければならない決まりでもあるのか、ほとんど意味のないヤラセのやりとりをする。電波や信号が届くのに数秒のタイムラグがあるので、まどろこしい呼吸となる。あらかじめ撮っておいて、きちんと編集してもらいたい。生で流さなければならないと、どうして考えるのか。

たぶん、中継をするために予算を請求した手前、それらの機材を活用するシーンを見せないといけない、といった理由なのではないかと邪推する。実にお役所的だ。

そもそも、画面にニュースキャスタ、つまりアナウンサが登場することが無駄ではないか。ニュースとは無関係な顔を見ながら、話を聞くのは、前時代的と思われる。

25

服は自分で買わない。ずっと同じものを着ている。これぞ最適化である。

何度か書いていることだが、今も変わりはない。自分の服を買ったことがない。一度もないとはいえないが、例外は人生で二回か三回だろう。

まず、服を売っている店に自分一人で入ったことがない。買わないのだから、入らない。見ることもない。興味がまるでないからだ。例外的なものとして、たとえば、作業着などを買ったことがある。これは、ネットやホームセンタで買えた。こういうのは、さきほどの例外には含まれない。作業着は、道具に分類されるもので、ファッション的な洋服とは違うだろう。買ったことはないが、剣道の防具なども服ではないはずだ。

どうして、自分で買わずに済んでいるかといえば、もちろん、誰かが買ってくれるからだ。子供のときは母親だったし、結婚してからは奥様が買ってくれる。そのときに、僕の要望をきかれることは少ない。その場に僕がいないからだ。したがって、彼女たちが良かろうと思った服になる。そういうものを、僕は着ているのだ。

もちろん、「これは良いね」という感想を述べることがあるから、そのときの僕の反応で、次はどんなものを選べば良いかを判断しているらしい。だいたい、僕の好みのものを買ってきてくれるから、まったく問題ない。「こんなものが着られるか！」などと怒ったことは一度もない。

大学に勤務しているときも、アロハシャツかパーカか、下はジーンズで出勤していた。その格好で教授会にも出席した。最初はそういうファッションの人はほとんどいなかった。先生たちは皆スーツにネクタイだった。けれど、数年の間に変化があって、だいぶ変わってきた。もちろん、ネクタイをしなさい、と叱られたことはない。そんな決まりはないし、文句を言われる理由もない。それでも、東京へ出張して、学会の委員会に出席するときは、スーツとネクタイで行った。これは、企業の研究者が多く出てくるからだ。また、僕の分野は、建築学科と土木学科に跨《また》るジャンルだった。土木の先生たちは、ほぼ全員がネクタイをされていた。そういう風土というものがある。特にポリシィとか反骨精神とかからカジュアルな格好をしているわけではない、ということ。

大学を退官して以来、一度もネクタイを締めていない。そういう場に出ていかなくなった。養老孟司《ようろうたけし》先生と対談をしたとき、養老先生がスーツにネクタイだったので、ちょっと気まずいかな、と僅かに感じた程度である。結婚式にも葬式にも出席しないから、礼服を着るような機会もさっぱりなくなった。大変良いことだ、と思う。

26 「どうしたら、そういうふうに考えられますか？」に対する答は？

こんなふうに考えてはどうか、ということをエッセイに書いているので、読者の方から、ときどき、表題のような質問を受ける。質問の意味がよくわからない。どうしたらって、考えたら良いのではないか、としか答えられない。

たとえば、「ものごとを抽象的に考えよう」と書くと、「抽象的に考えるにはどうすれば良いですか？」と質問される。さて、どうすれば良いのかな……。

これを尋ねる人は、考える方法があると思っているらしい。つまり、具体的な考え方を教えてほしい、という要求なのだ。そうではなくて、抽象的に考えて下さい、ということを書いたつもりなのである。

「他者から与えられるものではなく、自分の頭の中から浮かび上がるものを大切にしてほしい」と書くと、「どうすれば、頭から浮かび上がりますか？」と質問を受ける。だから、他者からではなく、と書いているのに……。

ビジネス書と呼ばれる本が、書店に溢《あふ》れ返っているが、その多くは、なんらかの具体的な方法について書かれている。これとこれをしなさい、という方法だ。だから、すぐに実行できそうな気がして、本を読んだ人は、ようし、やってみよう、と元気が出るのだろう。本を読んだあとは元気かもしれない。でも、実際の問題を解決するには、きっと上手くいかない。なにしろ、条件が違う。問題解決の方法は、そのときどきで、あるいは、人によって、時代によって、さまざまだ。全然違う。こうすれば良い、という手法が存在するなら、それはとっくにマニュアルになっているだろう。そのとおりすれば良いだけだから、そもそも問題にさえなっていないはずなのだ。

いろいろなケースについて共通的にいえる解決法はある。たとえば、時間をかけてじっくり取り組みなさい、慌《あわ》てずにやりなさい、というような手法である。この程度の手法なら、誰でも知っている。ときどき忘れることがあるだけだ。こんな当たり前のことを本に書いても、おそらくなんの役にも立たないだろう。森博嗣が書いているのは、この類《たぐい》の抽象的なアドバイスである。手法とさえ見なされない。心構えくらいの感じかな。

しかし、本当に大事なことは、そういった当たり前のことを、目の前の問題に適用する想像力なのである。たとえば、「じっくり」ならば、「この場合、じっくりとはどういうことか。どのように実行することがじっくりになるのか」と考えること。抽象的な言葉から、その具体的なイメージを展開することで、問題は解決するだろう、たぶん。

27 「もっと早く出会いたかった」と言う人は、自分の未来を変えられない。

ネットで頻繁《ひんぱん》に呟《つぶや》かれている台詞《せりふ》である。面白い本に出会って、「高校生のときに読みたかった」という感想を述べている。これは、自分が若ければ、熱中できたかもしれない、という意味だろうか。また、エッセィなどを読めば、「もっと早くこれを読んでいれば、人生が変わったかもしれない」などともおっしゃる。七十代の人ではない、二十代がこういうことを書いているのだ。

自分好みの人に出会ったが、自分とは年の差がありすぎる。「あと十年若かったら」という台詞になる。だが、自分が十若かったら、相手もさらに十若いのが道理である。

こういった感想というのは、以前と比較して、今はその選択肢がない、という認識の上に立っているのだろう。たしかに、既婚者であれば、結婚したい理想の人物に巡り合っても、即座にプロポーズはできない。以前は大金持ちだったが、事業に失敗して倒産した人ならば、「以前だったら、買えたのに」と残念がることもあるかもしれない。

おそらく、それほど決定的な条件の違いがあるわけではない。なんとなく、若い頃だったら、もっと柔軟だったし、可能性もあったし、好奇心もあり、なにか自分の役に立つものはないかと探し回っていた。その頃だったら、これが活きただろう、という観測なのである。逆にいえば、今はもう落ち着いてしまった。たとえば、職に就いてしまった、家庭を持ってしまった、住むところも決まってしまった、ようするに進路が定まっていて、その道を進んでいるから、後戻りはできない、という感覚を持っているのである。

一言でいえば、落ち着いた、となる。そんな落ち着いてしまった自分には、その新しい情報が響かない。ときめかない。つまりは、影響を受けない。そう言いたいのだろう。

案外、人生の早い時期に、人生の道筋のようなものを決めてしまうようだ。具体的には、社会人になってから数年という短い期間といえる。そこで、多くの人は、落ち着く。そして、もう若い頃には戻れない、と思ってしまうようだ。

おそらく、早く落ち着きたいという気持ちが、このような安定を慌てて築き上げるのだと思う。僕から見ると、各自が自分で無理をして、落ち着く状況を作っている。動物が巣を作るような感じかもしれない。でも、本当にそれで良いのだろうか？

たしかに、生活の安定は必要だが、可能性を無理に狭《せば》めていないかな、と心配になる。僕は、三十八歳のときに、小説家になった。結婚して子供もいて、マイホームも建てたあとのことだ。僕は、あのとき、まだ落ち着いていなかったようである。

28 学者のライフスタイルは、研究テーマの逆になることが多い。

身近なところから書くと、コンクリートを専門としている研究者は、だいたい木造の自宅を建てている。僕が知っている範囲では、例外がない。鉄筋コンクリート造のマイホームを建てた人はいない。

これは、「医者の不養生」に近い現象ともいえる（だいぶ違う?）。あまりに知りすぎているものより、自分が知らないものの方が、なんとなく良く見えてしまう。つまり、専門のものほど、欠点を知り抜いているから、つい敬遠してしまうのかもしれない。僕も、これまで自設計で建てた家、注文住宅で新築した家、購入した家、など六軒ほどの一戸建てに住んだが、いずれも木造住宅である。コンクリートの専門家だったが、コンクリートの家を造ろうと思ったことは一度もない。

建築のデザインを専門にしている先生は、コンクリートの打ち放しが好きだ。また、建築家の多くは、自宅を建てず、マンションに住んでいる。そういう人を沢山知っている。

もう少し範囲を広げると、植物の研究をしているとか、環境保全の研究をしていて、自然の中へ出ていく機会の多い先生は、だいたい都会に住んでいる。逆に、人工的なものが専門の先生たち（多くは工学部になる）は、山奥にログハウスなどを建てて喜んでいる。

まるでバランスを取るように、その人のメインテーマとは、逆の方へライフスタイルが向く傾向が、明らかにあるようだ。遠いものほど憧《あこが》れるからかもしれない。たしかに、すぐ隣の山は雑木林《ぞうきばやし》で汚く見えるが、遠くの山々は美しい。

楽園と呼ばれるような観光地も、現地の人にとってみれば、貧しさから抜け出せない田舎なのである。大都会からやってきた観光客には、綺麗《きれい》なところしか見せない。世界中どこへ行っても、そういう仕組みが出来上がっているようだ。

仕事でしょっちゅう海外へ出かけている人は、朝は味噌汁、そして梅干しがないと駄目だ、とおっしゃる。一方、海外へ一度も行ったことがなくても、毎日イタリアンやフレンチのレストランでディナ、というグルメの方も数名知っている。

そういう僕も、文章を書くことが主な収入源であるけれど、国語が苦手だったし、点が取れるのは数学と物理だけという、根っからの理系である。小説を書いてはいるが、小説を読むことは、ほぼない。真逆の職業に就いている、といっても過言ではない。

都会で育ち、都会で仕事をしていた。まさか庭いじりをするような生活になるとは夢にも思わなかった。自分が小説家になったことよりも、そちらの方が大転換だと思う。

29 思考の道筋を逆に辿ることができるかどうか。

たとえば、寝るまえに布団《ふとん》の中で、つらつらと考えを巡らすことがあるだろう。一時間くらい眠れずに、あれもこれも、と考えたとしよう。そのときに、今一時間、何を考えていたか、と思い出し、時間を遡《さかのぼ》って、つぎつぎと考えた内容を辿《たど》っていく、ということができるだろうか？

実は、僕はこれができる。思考というのは、なんらかの連想から発しているから、今のこれを考え始めたきっかけは何だったか、と思い出していくと、つぎつぎと過去へ遡って、思考を逆に辿れる。しばしば、三十分ほど戻って、そこから別の道へ考えを進めることもある。つまり、人間の思考というのは、道を見失うほどジャンプはしない、ということだ。ただし、昨日のことになると、道は消えかかっていて、途中に何を考えたか、思い出せない部分が増えてくるだろう。

いつも走る道路で見る風景も、頭の中で思い描いていくことができる。写真を見て、それが見慣れた風景だと、どこにあるものかを思い出すときに、道筋を思い浮かべることで、どこら辺だったかが判明する。だが、ずいぶん以前に通った道になると、ところどころギャップがあって、前後関係があやふやになってくる。

道というのは、一度歩いたところを、逆に歩くことが、いうほど簡単ではない。分岐が多くなるほど、逆に辿るときに間違いが起こる。方向音痴の人や、土地勘のない人は、来た道を戻れなくなるから、迷子になりやすい。

僕は、映像型の人間なので、道はすべて映像で記憶している。そして、帰り道に間違えないように、分岐点では、必ず後ろを振り返ることにしている。その方向の映像を記憶しておくことが、迷わない秘訣《ひけつ》である。これは、駅や建物の内部でも同じで、違う方向から見ることで、客観的な位置関係が整理されるのである。

さらには、自分が歩いている現在の状況を、上空から見る、という視点を持っていると、もっと迷わないはずだ。建物の中に入ったら、建物の外から見た自分の位置を想像しながら移動する。こうすれば、位置や方角を見失わない。

これは、思考の道筋でも同じで、考えている最中に、それを考えている自分を観察するような思考がときどきあると良い。それによって、より客観的な評価や判断が可能になる。何故自分は今そう考えたのか、どうしてそう感じるのか、ということを考えることで、自身の立場が鮮明になり、大筋の目的や理屈を見失わないで済む。

30 「炎上」と「過熱」と「白熱」を使い分けましょう。

「炎上」という言葉が、ネット社会であっという間に広まり、本来の意味での「炎上」よりもメジャになったから、「屋台が炎上」などというニュースでも、屋台がなにをして非難されたのか、と考えてしまうようになった。まさか、本当に燃えたとは考えない。

では、「炎上」という言葉がなかった頃には、どのように表現されていたのか。「非難が殺到している」くらいだろうか。どうも、それでは「炎上」を表現しきれていないように感じる。もっと、燃え上がって手がつけられない状態というか、やはりめらめらと炎が燃え盛る勢いのようなものが「炎上」にはある。そもそも、炎上するものといえば、お城とか、櫓《やぐら》とか、高さのあるものであり、火柱が立つような状況をイメージさせる。

ネットが一般に普及し、参加する人の絶対数が増えたことが、燃え上がるエネルギィ源となっている。もちろん、非難だけではなく、それに対する擁護《ようご》の声も寄せられ、下手に近づくと、「飛び火」したりするのである。

以前は、このようなエスカレートを称して、「過熱」という言葉を使った。限度を超えて激しくなること、と辞書にある。「過熱気味である」などともいう。この「過熱」あるいは「ヒートアップ」などは、否定的な反応だけではなく、肯定的なものも含まれるので、その点では「炎上」とは異なる。

さらには、「白熱」という言葉も用いられる。「議論が白熱している」などと使う。議論や試合を主語に用いられることが多いが、これは、「熱気に満ち溢れている」くらいの感じであり、「過熱」よりは常識的で、多くの場合、好ましい状況の表現となる。実際の「白熱」というのは、熱して文字どおり白く輝くことであり、LEDになるまえの普通のガラス玉の電球を「白熱電球」といった。「過熱」になると融解してしまうほど高温なのだろうか。「白熱」の方が温度が低いとしたら、そうかもしれない。

「炎上」というのは、炎が上がっている状況だが、炎というのは何なのか、というのは、意外と知られていない。物理現象としても、けっこう難しい。単に高温と発光の現象をそう呼んでいるだけなのか、あるいは、その高温で発光する微粒子が運動しているのか、という想像をするだろう。このあたりを詳しく書くには、もうスペースがない。

ネットの「炎上」を観察していると、誰が見ても「燃えやすい」ものが、なんらかのきっかけで着火するようだ。逆にいうと、「炎上」したくない人は、日頃から「燃えにくい」行いをしていれば良いことになる。そんなに難しいことではないだろう。

31 手を差し伸べるとしたら、立ち止まっている人ではなく、歩きだしている人。

人は、他者と情報交換をすることで、自分一人で可能な範囲以上の仕事ができるようになる。どんな天才であっても、他者からもたらされる知識の上に知性を築く。どの分野にも、必ず先人がいて、存命中で近づくことができれば、有用なアドバイスをもらえる幸運もある。また、与える側からしても、与えることで、自分のものが減るわけではないし、自分の知識が役に立つことが嬉しく感じられる。後進に対して、惜しみなく情報提供をする、ということが、特に意識しなくても自然にできる。自分にとっても満足がいく行為なのだから、格好をつけているわけでもなく、もちろん偽善でもない。

ただ、「教えて下さい」とアプローチしてくる人と、黙って悩んでいる人と、どちらに教えたいかというと、それはまちがいなく、後者だ。

どうしてかというと、「教えてくれ」と口にする人よりも、悩んでいる人の方が、問題を自分で考えているからである。つまり、その道を歩きだしている。少なくとも前進している最中だ、ということ。一方、援助を求める人は、だいたい立ち止まっていて、考えていない、前進していない人である場合が多い。手を差し伸べて、引き上げるには、自力で進んでいる人の方が、効率的であり、こちらが差し出す情報が有効となる。どうせアドバイスするなら、役に立った方が嬉しい。

また、質問をしてくるにしても、その質問の内容で、前進しているかどうかが、確実にわかる。たとえば、「なにか良い方法はありませんか?」は、なにも考えていないし、なにも試していない人だ。もし、自分で考え、幾つか試したことがあるなら、こんな尋ね方にはならない。自分が試した具体的な例を述べ、どこが間違っているか、その可能性を自分で考えてみたが、正しいだろうか、といった程度には具体的になるはず。

本当にじっくりと取り組んで考えている人ならば、質問にはならず、自分のやった成果を語るはずだ。問題を解決しつつある、と話す場合もある。そう聞くと、実はこうなのだ、こんな方法もあるよ、とこちらも話したくなる。

詳細を話すからには、その内容を理解できる人であってほしい、という自己満足である。これは、作家として小説やエッセィを書くときとは、また違った欲求だと思われる。作家の仕事は、そんな立場ではない。相手が興味を持っているかどうかもわからない。そういうところへ一方的に話しかけるのだから、いささか気が滅《めい》入る仕事である。それでも、ときどき理解してくれる方がいて、そういうときは素直に嬉しい。

32 「一人で死ねば良いのに」問題を考えてみよう。

無関係な人、特に子供などの弱者を殺傷して自殺する犯罪者がいる。いわば、自分の死の巻添《まきぞ》えにする卑劣な行為である。最近こんな悲惨な事件があって、「死ぬなら一人で死ね」という言葉を、多くの人が発した。それをTVなどのコメンテータが口にしたので、専門家からクレームのようなものがあったらしい。つまり、自殺を考えている人たちに対して、有名人の言葉がネガティヴに作用することを恐れての意見だろう。

僕は、「死ぬなら一人で死ねよ」というのは、真っ当な意見だと思う。もし、そういう真っ当な意見がTVで口にできないとしたら、TVのやり方に問題がある。コメンテータに非はないだろう。TV局側が、なんらかのフォローをすれば済むことだ。

一方で、専門家が「こういった方面のことも考えてほしい」と述べるのも、また真っ当な見解であり、間違っていない。まったくそのとおりだと思う。どちらも、自分の意見を述べている。発言は自由にすれば良い。

それで、僕の個人的な意見というか、感じている気持ちのようなものを以下に述べるけれど、僕はTVのコメンテータではないし、不特定多数の大勢に訴えたいとか、賛同者がいたら嬉しいとか、そういった欲求は皆無なので、誤解のないように。

「一人で死ね」というのは、当たり前すぎる。人間はみんな、一人で死ぬのだ。自殺しようが、しまいが、いずれ一人で死ぬ。そして、死ぬまでの間は生きていて、誰もが、良いことも悪いこともする。人を殺すのは、悪いことの最たるものだろう。

悪いことをすれば罰せられるが、罰は生きている人間に対してしか与えられない。死んだ人間は罰を免れる。だから、死ぬ気になっている人間は、悪いことをしても影響を受けない。そう考えているから、こういった凶行に及ぶ。結局は、人間社会の矛盾というか、欠陥を突いている行為なので、防ぐことは難しい。どんなに、危なっかしい人に対話を呼びかけ、善意に溢れる社会が作れても、その環境の外に身を置く人は必ずいるだろう。

日本では銃が規制されているから、まだ被害が比較的小さい。アメリカで起こっている惨劇は、もっと甚大な様相を呈している。だとすれば、この凶器の規制は、いちおうは効果を上げていると見るべきだろう。同様に、あらゆる物理的な防御を行うこと。そういったシステムを確立すること。たぶん、それ以外にない。そして、最も大事なことは、怒ったり悲しんだりする姿を見せないこと。彼らは、無視されることを一番恐れている。死よりも恐れている。だから、それが唯一可能な罰となりうるだろう。

33

当たり前すぎるが、手の届く範囲のことを毎日するしかない。

身も蓋《ふた》もないことをまた書いてしまうけれど、なにか夢に向かって、毎日一歩ずつ進むときに、当然ながら、できないこと、難しいことはあるわけで、ようするに、今できることしか、事実上できない。なにもできないということはないと思うが、それでも、自分の能力、知識、または資金的な問題や、周囲との関係で制限されることなど、あらゆる拘束があなたの足枷《あしかせ》となっているはずだから、本当に泣けてくるほど、情けないほど、できることは限られている、というのが現実だと思う。

夢を実現するためには、夢を見るのではなく、現実を変えていかなければならない。そして、できることしかできない、というのが現実だ。手が届く範囲のことしか今はできない。そのできることをする。そうして、手が届く範囲を少しずつ広げていくしかない。

本当に、この当たり前の方法しか、夢を実現する手立てはない。あるときには、その手が届く範囲にあるものが、ちょっと目的の方向とずれていたりする。そういうときに、これはやっても無駄だ、と判断するべきか迷うことになるだろう。しかし、それでも、やってみれば良い。やると、手が届く範囲に変化があるからだ。

僕は、人よりは考えすぎる人間で、考えている時間が長いわりに、あまり行動を起こさない。そこが欠点だとわかっている。それでも、周囲を見ていると、多くの人は、ほとんど行動を起こさない。つまり、新しいことをしない。では、なにか考えがあってのことなのか、というと、そうでもなさそうなのだ。考えないで、しかも同じことをずっと続けていられるのは、それはそれで悪くないけれど、まるで生きていないように見える。機械は、ずっと同じことをしているし、考えていない。山も海も、考えずに同じことをしている。つまり自然と同じだから、ある意味で、それが自然の摂理なのだろう。

ということは、人間の希望あるいは夢というものは、超自然現象だといえる。そういう奇跡的なものを実現しようとしている。生きていることが、そもそも奇跡なのだから、その「生」に磨《みが》きをかけて、行き着けるところまで行ってみよう、という意気込みだ。

なにもしなくても人生だし、夢を叶えたところで、結局は死んでお終《しま》いなのだから、どちらが正解というわけでもない。ただ単に、生きている間、一瞬だけ興奮できて、嬉しくて、感動できる、というだけのことである。

できることを積み重ねる、という方法は、まさにそれ以外にできない、一本道ともいえる。ほかに道はないのだから、そこを突き進むしかないのでは？

34 ヒット・アンド・ミス、という生き方。

今年の前半は、この古いヒット・アンド・ミス・エンジンに夢中になった。近所のドイツ人が実物を持っていて、見せてもらったのが始まりだった。hit and miss とは、つまり、当たったり外れたり、という意味である。

エンジンは、シリンダ内でガスを爆発させ、ピストンを押す。これを連続して繰り返し、パワーを出す装置である。ところが、ヒット・アンド・ミス・エンジンは、そうではない。爆発したり、しなかったりする。具体的には、回転が落ちると爆発し、爆発する力で回転が上がるから、またしばらく不発のまま、惰性《だせい》で回る。回転が落ちてきたら、爆発して、また回転を上げる、という風変わりなエンジンである。

これは、昔のエンジンだ。このような変な仕組みになっているのは、回転を上げないためである。回転を上げると、工業技術が未熟だったため、エンジンが発熱などで壊れてしまったのだ。力を出さないための工夫だったのである。結果的に、低回転を安全に続け、燃費の良いエンジンとして普及した。

もちろん、今では使い道はない。パワーの出ないエンジンなど不要だ。そんな悠長なエンジンでは、飛行機も飛ばないし、自動車も走らせられない。

ところが、この古いエンジンは、愛好家の間で人気を博している。だいたい百キロくらいの重さがあって、運んでくるのも大変な代物だが、同好の士が持ち寄って、蘇《よみがえ》らせた古いエンジンを回して楽しんでいる。何ができるというのではなく、ただ回るだけ。排気ガスを出し、パン、パンとときどき音を立てるだけである。

エンジンというのは、不思議な魅力がある。それはたぶん、生きているような雰囲気を醸《かも》し出す機械だからだろう。脈動するように振動し、唸《うな》りを上げる。滑《なめ》らかに回転するモータとはここが違う。僕は、エンジンが大好きで、飛行機の模型を始めたのも、もともとはエンジンに取り憑かれたからだった。

ヒット・アンド・ミスというのは、いかにも生物的な運動だと思われる。適度にセーブしてパワーを出す、そうすることで、一定の効率を維持しつつ仕事をする。自分に合ったペースでものごとを進める、という点に見習う価値がある。こんなふうに自己制御して生きていきたいものだ、と感じるのである。

一所懸命になるのは、一時のことであり、それでは続かない。ときどきパワーを出し、低速回転を維持する方が、人間らしいやり方だと思う。

35 自分が頑固だと感じたことはない。周りの人がみんな頑固すぎる。

どういうわけか、周囲から僕は頑固者だと認識されているようだ。たとえば、奥様は確実にそう思っていらっしゃる。奥様は僕の三倍は頑固だから、いくら否定しても、理屈を話しても、まるで聞いてもらえない。

僕は、天邪鬼かもしれない。これも、自分としてはそうは感じていない。自分に正直に、思ったとおり素直に生きているつもりだ。ただ、大勢の流れに与《くみ》しないという傾向はある。みんながやっていて、これが世間の常識だということに価値を感じないし、大勢から認められたい欲求もないので、当然、自分の思うとおりに、なにごとも進めることになる。

結果として、少数派となるわけだから、天邪鬼だと見なされるのはしかたがない。僕から見ると、世間の大部分の人が天邪鬼なのだが、これは言葉の定義に合わないし、多数決なので、客観的にそうなるのもしかたがないところである。

それでも、頑固かどうかという点では、世間の大勢の人の方が、僕よりは頑固だ。特に、みんながやっていることだから正しいという流れに乗った頑固さが著《いちじる》しい。そうではないと反証を挙げて説明しても、まったく納得してもらえない。頭が固いのである。

僕は、理屈がないものには、まったく拘《こだわ》らない。相手が理屈を述べて反論してきたときは、自分は間違っていた、とあっさり意見を変える人間である。過去の立場に未練はない。今までの考えが間違っていたら、今日から別の考え方でいこう、とさっと切り換える。

なんとなく嫌だな、と感じても、新しい理屈を採用する。そうしているうちに、感情的な蟠《わだかま》りは消えて、嫌ではなくなるものだ。思い込みや、古い価値観を、身軽に捨てることこそ、本当の「若返り」ではないか、と世間に訴えたい。あまりにも皆さん、自分の立場のようなもの、一度信じたものなどに拘りすぎているからだ。

好きになったものを嫌いになる、嫌いだったものを好きになる、そういった変化に抵抗感を抱くのは、不思議な現象だ。自分はこうだと一度決めたら貫き通すのが立派な人間だ、という幻想をどこかでもらったのだろう。「頑固一徹」が、日本人の美学のようだ。

昔に比べて人生は長くなった。また、情報量は爆発的に増え、さまざまなものが個人の前を通り過ぎる。そんな条件下で不変を貫こうとするなんて、無理な話ではないか。もっと柔軟になって、新しいものを取り入れた方がずっと得だ、と僕は考える。

「私はこういう人間だから」という台詞で決着をつけないでいただきたい。どういう人間なのかなんて、どうだって良いことではないか。違いますか？

36 世の中には凄い人がいるけれど、仕事というのは普通に凄いものである。

世の中には、本当に凄い人が沢山いる。あっと驚くような技術を持っているとか、誰も真似ができないものを作り出すとか、素晴らしく丹念で行き届いた作業をするとか、まさかここまで、と驚くような人たちに、僕は幾度も出会ってきた。

多くの場合、その凄さは、その人の仕事になっている。これはわかる。凄いから自然に注目され、人がそれに金を出すようになり、結果的に仕事になる。また、仕事になると、さらに凄さが増幅するという相乗効果もある。周囲が出資して協力をする。サポートをする人が集まり、その人の凄さを際立たせる方向へ、システムを築き上げる。本人は、余計な心配をしなくても良くなり、ますます有利になって、凄いことだけをしていれば良い立場となっていく。

そういう目で見ると、仕事で凄いのは、むしろ当たり前に映る。仕事だったら、それくらいはあるでしょう、という感覚だ。たとえば、靴《くつ》を作ることが天才的に上手だとしても、靴職人だったら、さほど驚かない。修業をして、努力を積み重ねただろうし、もちろん天性のものもあったかもしれないが、仕事なんだから、それが普通である。凄いと騒ぎ立てるほどのことでもない。僕はそう感じる人間である。

仕事における凄さは、本人が稼ぐ金で相殺《そうさい》されている、という見方をする。凄い人ほど自然に大金を稼ぐはずである。ということは、金持ちが凄いという理屈になる。天才は金持ちになる。稼いだ人を素晴らしいと褒《ほ》め称える結果になる。

そうだろうか？　そうかもしれないし、そういった価値観だけでもない、と思う。

趣味で靴を作り始めた人が、素晴らしい靴を作ったら、僕は凄いと感じる。靴職人として修業したわけでもなく、老後の楽しみで始めたと聞けば、さらに驚くだろう。凄い人がいるものだ、と感心する。これが僕の価値観だ。すなわち、金を稼ぐためにやっているのではない、ただの嗜《たしな》みで熱中している、という人間の凄さを見る。

この観点からすると、僕の小説やエッセィは仕事であるから、全然褒められることではない。印税をもらっているから、充分に元が取れている。そもそも、褒められるために書いているのではないし、褒められても嬉しいとは感じない。いただくものはいただいているのである。本当に、ありがとうございます。

職業に貴賤《きせん》はない、というのが僕の基本的な考え方だ。金が欲しいから働くということは、素直で自然な行為である。でも、大して褒められたことではない。

37

三十五年ぶりにラジコンヘリコプタにはまっている。

冬に近所でラジコン飛行機を飛ばした。これが電動だった。これまで、僕は空を飛ぶものを全部エンジンで楽しんできた。僕にとって新しい分野だ。モータやバッテリィの勉強をし直しているうちに、ヘリコプタも電動で飛ばしてみたくなった。

子供の頃はヘリコプタが大好きで、ゴム動力で飛ぶものを作ったり、天秤《てんびん》のようにバランスを取った状態で、モータで飛ぶリモコンのヘリコプタも作った。大学生のときに、ラジコンヘリコプタに挑戦し、二機ほど飛ばしたことがあったが、中途半端な段階で終わってしまった。以来三十五年間、ヘリコプタを封印してきた（オーバな表現だ）。

還暦を超えた老人にとって、ラジコンヘリを操縦することは、相当にハードルが高い。僕が入門をした三十五年まえには、世の中にはラジコンヘリを飛ばせる人と飛ばせない人がいる、と言われていた。最近買った本には、まずホバリングの練習をする、できれば毎日飛ばすこと、そうすれば数カ月でホバリングがなんとかできるようになる、などと書かれていた。脅《おど》されているといっても良いほど、操縦が難しいのである。

　実は、三十五年まえも、僕はホバリングができるところまでは練習をした。ホバリングとは、空中停止のことである。ヘリコプタが空中に浮いて、じっとしている状態のことをいう。これさえできれば、あとは上空へ向かい、飛び回ることはさほど難しくない。また、戻ってきたときも、ホバリングをしてから着陸する。ホバリングは基本中の基本だ。上手になると、あらゆる曲技飛行ができるようになる、背面飛行も宙返りもロールもなんだってできる。実機では不可能な、信じられないような動きが可能だ。

　僕は、そこまで上手くなりたいとは考えていない。自分が作った機体が、目の前で浮いてくれれば、それで満足だ。ただ、風がある日でも、安全に飛ばせるだけの技術は養《やしな》いたい、と日々励んでいる。

　冬から春に向けて、中古のラジコンヘリを十機ほど手に入れて、庭園内の芝生《しばふ》で練習をしている。三十五年も経ったから、すっかり忘れているだろう、と思ったけれど、そうでもなかった。事実、最初からホバリングができたし、今のところ一度も落としたり、壊したりしていない。ただ、浮かせるだけで、非常に楽しい。

　一方で、電子技術の発展によって、自動制御で飛ぶものも出始めている。操縦しなくてもホバリングするのだ。その種のものには、僕は興味がない。自分でコントロールしなければ、飛ばす意味がない。とにかく、しばらくは遊べるような気がしている。

38

僕が育てた犬は、異様に大きくなった。大きいけれど赤ちゃん、と呼ばれている。

昨年書いた犬のことだが、その後、順調に成長し、これを書いている今は、一歳と四カ月となった。ほぼ成犬である。特徴は、大きいこと。現在、体重が十八キロあるが、シェルティの平均的な体重の二倍である。ちょっと大きめではない。もの凄く大きい。見た人は、「大きいシェルティですね」とは言わない。「小さいコリィですね」とみんなに言われている。譲ってもらうときに、母犬を見た。七キロくらいの小型だった。父犬は見ていない。チャンピオン犬だと聞いたが、もしかしてシェルティではなく、コリィだった？　でも、それでは血統書が付かないはずである。

小さいときから、鼻が大きかったし、手足が太かったから、大きくなる予感はしていたが、まさかここまでとは思わなかった。大きくなっても十二、三キロが普通だからだ。だが、僕は大きい犬が嫌いではない。奥様も、「私は小さい犬が嫌い」とおっしゃっているので、まったく問題はない。十八キロというのは、なんとか抱きかかえることができるので、実質的な不便もない。

性格は、今まで飼った犬のなかで、一番大人しい。とても賢い。やはり、大きいほど大人しいようだ。おっとりしていて、優しい。毎日、僕のベッドのすぐ横で寝ている。朝は、ベッドに上がって起こしてくれる。

シャンプーのときもじっとしているし、躰《からだ》のどこでも触らせる。怒ったり、歯をむき出したりしたことが一度もない。これまで飼ったシェルティの中で、一番吠えない。いつも静かにしている。例外は、宅配便のトラックが近づいたときだけだ。

ハッチや引出しに異様な関心を示す。スイッチも大好きだ。自動車に乗せると、僕がエンジンを始動するのを、スイッチに鼻を近づけて待っている。助手席が彼の専用シートとなっていて、シートから前に落ちないようにクッションを詰め、タオルなどが敷かれている。もちろん、ハーネスに犬用の安全ベルトを装着している。ドライブが大好きで、家から出すと、ガレージへ直行し、自動車の前で座って待っているほどだ。

庭園鉄道にも何度も乗せている。一度乗せたら、降りろと命じるまで降りない。ぐるりと庭を巡ってくるのが面白いようだ。このほかには、フリスビィを投げてもらうのが好きだし、水遊びも大好きで、ホースの先で座って待っていることが多い。

散歩は、すべて僕が連れていく。若いし大きいから、ほかの犬たちより長距離を歩く。おかげで、良いエクササイズになっている。ずいぶん日焼けをしてしまった。

39 エッセィが売れるようになってきたが、残念ながら本人は飽きてきた。

ここ十年ほどだが、小説以外の本の執筆に、多少だが力を注いできた。この方面に需要があるのではないか、と予想したからだった。それ以前は、小説以外の本は、ほとんど売れなかった。出版社も、小説家が書いたエッセィは売れない、と断言していた。

しばらく出し続けていたら、だんだん売れるようになった。新書も二十作くらい出してみて、売れるものが出始めた。今では、小説と同じくらい部数が出ているものもある。

ただ、読者は、小説派とエッセィ派が、ほとんど重複《ちょうふく》していない。どちらも読むという人は少数である。つまり、エッセィが売れるようになったのは、新しい読者を開拓したことになる。小説ほど「ファン」と呼べるような明確な層は少なくて、エッセィを読む人は、広くいろいろなものを読む傾向にある。そういうことが、だいたい把握できた。

実際、小説に比べると、それ以外のものは、ジャンルが幅広い。小説だったら、ミステリィかSFかと分かれていても、そのどちらも読む人がいるはずだ。小説以外は、ビジネス本やハウツーものから、いわゆるノンフィクション、またはエッセィまであって、何を目的に本が選ばれるのか、さまざまである。書き手のファンという意識よりも、自分の興味があること、役に立ちそうな内容、知識などを求める読者が多いはずだ。

僕は、自分の考えていることを素直に書く、ということしかできない。取材をしたこともないし、毎日自宅にいるから紀行文にもならない。交友録なども書けない。ほとんどは、自分が考えたこと、思いついたことになる。そうなると、どうしても同じ内容のものが重なるし、抽象的な内容になるだろう。具体的な情報を求めている人には利がない。

だから、そんなに売れるはずはないと予想していたのだが、その予想よりは多めに売れることがわかった。もちろん、小説でファンになった人が読んでくれている分もあるだろう。しかし、新書などの売行きを見ていると、その分析は当たっていない。読者の大半が、僕の小説を知らないみたいなのだ。

売れることがわかったためか、最近、執筆依頼が相次いでいる。これまでつき合いのなかった出版社から声がかかる。条件が合えば引き受けていたけれど、そろそろこの方面の執筆自体に、僕自身が飽《あ》きてきた。読者もそろそろ飽きるだろう。

執筆の労力と、得られる印税で比較すれば、圧倒的に小説の方がまだ効率が良い。ビジネスで書いているのだから、選択するならば、小説になる。じわりじわりと引退している作家であるから、どのように撤収するのかを考えながら、今もこれを書いている。

40

「自分」とは、どういう意味なのか。

「自分」という熟語は、どういった意味なのだろうか。「自」は「己」である。これだけで「私」と同じ意味を持っている。では、「分」とは何か。これは、生まれながらに備わっている能力のような意味らしい。「分をわきまえる」や「分相応」などという言葉もある。つまり、「自分」とは、己の身の程のことである。それを自覚すること、自覚できるものが、すなわち自分だということだ。

英語には、「self（セルフ）」という単語があって、ほぼ自分と同じように使えるのだが、不特定多数に対して、各自でという意味でも使える。「himself（彼自身）」という言葉もある。「自身」は「自分」と違い、他者に対して使える。もしかして英語を訳した日本語だろうか。

人は、自分しか認識できない。しかし、自分がこう考えるのだから、他者もそれぞれに自分を感じているはずだ、という想像ができる。また、その想像をするから、他者と自分を区別できるし、そういった想像から「自分」というものを認識する。たとえば、犬は「自分」という概念がわからないだろう。自分は、他者との相対、区別によって得られる認識だからである。

鏡を見れば、そこに自分が映る。人間は、それを自分だと理解している。犬は、その理解がない。自分の概念がないからだ。自分が見ているものを、他者が見ているかどうかは、想像するしかない。自分が知っていても、他者は知らないかもしれない。それも、想像しないとわからない。つまり、自分の認識は、この世の現実ではない、ということを人間だけが知っている。犬は、自分が見たものが現実であり、自分が知ったものが現実だと考えるしかないから、自分が知っていれば、誰もが知っているものになってしまう。

現実も、考えることも、「自分」を認識できるから意味を持つ。意味を持つ、という感覚が、既に「自分」の上に立脚している。

人間といってもいろいろいて、ニュースなどを見ていると、馬鹿な人間がいることがわかる。ただ周囲の笑いを取ろうという動機で、とんでもないことをして、世間から非難され、あるときは罰を受ける。非常に幼いというか、動物的な行為であるが、おそらくは、「自分」というものが理解できていないのだろう。目で見ているものが現実であり、それ以外にはなにもない、という世界観であれば、ああいった愚行をつい「やらかして」しまう、というわけである。あなたには、「自分」がありますか?

41 不動産を買ったことで、どんな得があったのか。

小説家になる以前の、およそ四十年間には一度もしなかったのに、その後の二十年間で何度か経験したことの一つは、不動産の売買である。ということは、不動産を売買しなくても、普通に生きていけるし、多くの人はそれを滅多にしない、ということだろう。

しかし、不動産屋はどの街にも必ずある。都会では、賃貸の物件を扱う店、と認識されているかもしれないが、土地を売買したり、その仲介をすることが仕事である。

土地というものは、金で売り買いできる。自分の人生には無関係だと思っている人も多いかもしれないが、たとえば、親から相続するかもしれない。所有することになれば、固定資産税という税金も払わないといけない。持ち歩けないけれど、持ちものである。

作家になって三年めくらいのときに、僕は初めて不動産を買った。一億円以上する買い物だった。印税で儲けたとはいえ、まだ現金がぎりぎり足りなかった。方々に預けてあった預金を掻《か》き集め、また講談社からもらえる予定の印税を二カ月早く受け取れるように融通《ゆうずう》してもらった。

このような大金をどうやって手渡すのか。そのときは、とある銀行の一室に両者が集まり、不動産屋や銀行の人も加わって、契約を交わした。現金は、銀行の口座で移動する。紙幣を手渡すわけではない。それ以前に、手付金を渡して仮契約する場面もあった。数千万円だと、為替《かわせ》を作って手渡すこともある。為替というのは、皆さん郵便為替くらいしか知らないかもしれないが、基本的には、あれと同じものである。

土地は、買っても持って帰れない。動かせないから不動産なのだ。自分のものになったという証拠は、登記によって成立する。つまり、役所に記録されるだけのことだ。昔は権利証みたいな書類が絶大な威力を持っていたらしく、僕の父は、それを貸金庫に仕舞っていた。家に置いておいたら火事で焼失してしまう。盗まれたらただでは済まない、というようなことを話していた。今も権利証なるものはあるようだが、それを盗まれたから、即土地が奪われる、というものではないらしい。

さて、かつて土地はどんどん値上がりするものだった。今は違う。どんどん値下がりするものになった。だから、土地を持っていて、固定資産税を払っていても、資産は目減りする。土地を所有するメリットはあまりない。その土地を使わないと損だ。遊ばせておかないで、自分でそこで遊ぶしかない。家はいくらでも直したり、建て替えたりできるが、土地はそういかない。融通の利かないものだから、よく考えて買おう。

42

自分の好きなことをしていれば、自然に優しくなれるのは本当のようだ。

誰でも、自分が好きなことをしているときは、満足感を味わっているから、機嫌も良く、気持ちも大らかになるだろう。したがって、他者に対して友好的になるし、腹も立たなくなるのにちがいない。そもそも腹が立つのは、大部分感情的な問題を抱えているからであり、気に入らないというのも、自分自身の問題である場合がほとんどだ。

なかには、自分はそこそこ満足でも、相手がより大きな満足を味わっている場合に、相対的に自分が損をした、と感じる人がいる。これは、困った問題だ。そのようにして、他者と比較ばかりして、自分を貶《おとし》めているような具合だから、常日頃から腹の立てっぱなしになるのも頷《うなず》ける。

まず、あまり周囲を気にしないこと。たとえば、引き籠《こ》もるのも、ときには良いと思う。そして、自分の好きなことばかりする。なかなか状況的に許してもらえないかもしれないが、そこは工夫をし、ある程度は我慢をして、そういう状況へじわじわと自分を持っていく。こうすると、他者に腹が立たなくなるだろう。

つまり、怒ってばかりで、常に不機嫌だという人は、自分をあやすのが下手なのだ。自分を喜ばせる方法を知らない。自分が好きなことが何か、わかっていない。怒ってばかりいるうちに、好きなことを忘れてしまったのかもしれない。一旦そういう状況に陥《おちい》ると、なかなか機嫌が取り戻せないから、ますます周囲に対して腹が立ってしまう。

生まれてから一度も満足したことがない、という人はいない。子供のときに、なにか楽しかったことがあるはずだ。それを思い出そう。好きだったもの、愉快だったもの、夢中になったものが必ずある。それをもう一度自分の近くへ引き寄せてみよう。

あれは子供の頃だった、子供だからできたのだ、と諦めている人もいる。そんなことはない。子供だからできたことは、大人になってもできるはずだ。恥ずかしくて人目を憚《はばか》るようなことなら、こっそり一人で楽しめば良い。ただ、他者の関与が必要なことは無理だ。それはきっぱり諦めるしかない。自分一人ですべてを実行する。これが肝要である。

優しい人というのは、自分の楽しさを知っていて、自分の機嫌の取り方が上手い人だ。おそらく、想像力が豊かで、良いイメージをもって生活できる。ちょっとしたことで微笑むことができ、なんでも楽しめる。人に優しくしようと意図しているのではなく、自然に優しくできる。優しくすることが楽しみの一つでもあるから、その状況に満足して、ますます機嫌が良くなり、どんどん優しくなるのである。

43 最後の引越になるかもしれない。ということは、そこがゴールかな。

何度か書いていることだが、僕は引越が好きな人間らしい。新しいところで生活をするのが楽しみだ。庭園鉄道を繰り広げていることから、移動する労力を嫌うように受け止められているが、それは逆だ。新天地でまたゼロから作れるなんて、こんな幸せはない。本を読むのが好きな人は、一度読んだものを忘れるスイッチがあったら、と想像されるらしいが、土地の場合、それが簡単。自分が移動すれば、そこが新しい土地になる。すべてがリセットされるようなものである。

このように考えるのは、ものを作り上げるプロセスに、基本的な楽しみの真髄《しんずい》がある、という価値観を持っているからである。一般の方は、そうは考えないようだ。プロセスは「苦労」であり、完成したものに価値がある、と信じている。だから、完成したとき人に見てもらい、褒めてもらうと、苦労のし甲斐があった、などとおっしゃる。

「完成って、何ですか？」というのが僕の疑問だ。そんなものがあるだろうか。あるとしたら、それはきっと「人に見せられる状態」のことだろう。つまり、褒められるためにやっていた、という証拠になる。ここが、僕には存在しない部分なのだ。

僕は、自分の行為を自分で評価する。自分が褒めてくれれば、それで充分である。自分は、完成しなくても、その途中のときどきで、いつでも褒めてくれる。ちょっとした障害を乗り越えたときに満足できる。チャレンジを始めただけで嬉しくなれるのは、自分を見ている自分がいるからだ。

さて、次の新天地は、どこか。つい先日、いかがですか、という話が舞い込んできた。まだ、詳細はわからないし、交渉段階でもないけれど、まえまえから目をつけていた土地で、自分のものになったら、移っても良いなと考えていた。ずいぶん遠方ではあるけれど、それもまた楽しみだ。

問題は、そろそろ手持ちの土地を処分しないといけないこと。ずっと持っていても無駄なので、順次売っていこうと考えている。土地というのは、買うときは金さえ出せば買えるが、売るときは、買う人がいないと成立しない。不動産屋が買ってくれることは稀で、けっこう面倒なものなのだ。

でも、借金をしたことはない。いつも現金一括払いで買っている。だから、抵当などの面倒は一切ない。べつに売れなくても困らない。税金がもったいないというだけだ。いつ死ぬかわからないから、整理をした方が良いかもね、くらいの軽い気持ちである。

44 自動車の免許以外にも、返納すべきものが沢山あるだろう。

老人が運転する自動車が大事故を起こし、マスコミやネットが騒ぎ立てる昨今《さっこん》である。昔からあったことで、今に始まったことではないのに、免許証返納を呼びかけている。そういう「呼びかけ」というものが、善意に頼ろうとする日本人らしい。本当に危険があるのなら、もっと具体的な対処をする方が良い、と僕は考える。

さて、運転免許以外にも、老人に任せておくと危ないものがある。たとえば、認知症の人にはできないと決まっているものが沢山あるようだ。銀行で金を下ろす、などが一例だろう。多くのものは、本人か家族が被害を受けるだけなので、放任されているのかもしれない。自動車の運転は、無関係な人に被害が及ぶ点が、問題になっているわけだ。

運転といえば、電車や飛行機も同じ。これらは大丈夫なのか。最近、酔っ払いのパイロットが問題になった。早く電車も飛行機もＡＩによる自動運転にしてもらいたいものだ。

酔っ払っていたり、運動神経が鈍っていたりすることで、仕事に支障を来《きた》すものは多い。たとえば、医師がそうだろう。酔っ払って手術とかしたら大変だ。いつだったか九十歳の現役医師がニュースになっていたが、大丈夫なのだろうか。医師免許も自主返納すべきなのかな。僕はそこまでは思わないが、なにか事故があったら、一気に世論が動きそうだ。

政治家も、一国を運転しているような人たちだから、政治家の仕事をしているときは、アルコールはやめてもらいたい。戦争で領土を取り返すのか、と発言した酔っ払いがいたようだが、発言は自由だとしても、人間として、議員としての品行が問題だろう。

老人の事故よりも、アルコールによる事故の方が圧倒的に多いはずだ。まえにも書いたが、自動車の免許よりも、アルコールを買う免許を制度化してはいかがだろうか。酒で失敗したら、酒免停にした方が社会のためである。煙草《たばこ》がこれだけ規制されているのに、アルコールが規制されないのは、おそらく業界の圧力だと思われる。アメリカのライフル協会も同じだが、商売のために安全が脅《おびや》かされているのは、いかがなものだろう？

日本人は、こういったルールを明確に定めることに消極的である。法律ではなく、個人でモラルを守ってもらいたい、という気持ちがある。民族がだいたい同じで、文化もだいたい共有しているから、こういう発想になる。これからは、言葉も通じない人が、どんどん増えてくる。やはり、早めにしっかりとしたルール作りをした方が良い。

ところで、アクセルの踏み間違いなんか、技術的に簡単に解決できる問題だ。そんなに大騒ぎするほどのことでもない。これも、業界がマスコミをプッシュしているのかな？

45 「つながりたい」という欲求はどこから来るのだろう？

ネットでこの言葉を頻繁に見かける。多くの人が、他者とつながりたがっていることが観察できる。そもそも、ネット自体を他者とつながるための装置だと認識している人が多数である。僕はそうは考えていない。ネットは、自分の活動範囲を広げるツールであり、ペンチやドリルと同様の「道具」である。

思い起こしてみると、電話しかなかった時代に、若者が夜中に長電話をすることが社会問題になっていた。僕は友達と長電話をした経験がない。用件が済んだら電話を切る。この十年ほどは、電話に出ない。かけるときに使っているだけで、受けることがない。大学にいるときも、外線の電話には出なかったから、あまり変わっていない。サークルとかグループの一員になるようなことは、できるだけ避けている。町内会もＰＴＡも同窓会も入らない。会員にもならないし、カードも作らない。ポイントも一切貯めていない。「つながる」ことのデメリットがあるためである。それは一種の危険でもある。甘い汁で誘っているということは、なんらかのデメリットがあるということ。

　さて、では何故多くの人たちは、そんなにつながりたがるのだろう。何人かに話を聞いてみたが、やはりそこにあるのは「不安」である。孤立することが恐ろしい、という恐怖が中心にある。いや、無理につながらなくても、中立のようなスタンスがあるはずである。つながらないと、たちまち敵対する、と考えるのはいかがなものだろう。

　たとえば、町内会ならば、付近の清掃をするような活動には参加すれば良い。町内会に入らなくても手伝えば良いだろう。だが、そのあとの宴会には出ない。取捨選択をすれば良い。メリットとデメリットがある。皆さんは、デメリットはメリットのためにしかたがない、と解釈されているようだが、僕はつながることによる面倒な部分が嫌だ。

　よく書いていることだが、つながらなくても生きていける。都会は特にそうなっている。近所づきあいができないと村八分になるわけではない。そもそも、都会に人が集ったのは、田舎の柵《しがらみ》を避けた結果なのではないか、と思う。村社会、先祖代々、一族などの絆を重荷に感じた人たちが、自由を求めて都会へ出てきたのだ。

　田舎暮らしは人気があって、移住する人が増えている、などと躍起《やっき》になって宣伝しているけれど、実際には、人口が増えているのは都会だけである。田舎はどんどん過疎になっている。むしろ、そういう現代の変化を補《おぎな》うために、ネットでつながろうとしているのだろう。いずれ、ネットでもこの反動がくるように思えるが……。

46 少子化の対策として、子供を産めという単純かつ頭の悪い意見について。

何人かの大臣、代議士が、この種の失言で謝罪に追い込まれた。失言ならば、まだましだ。そうではない。本心を語っているからこそ、繰り返し出てくるのだ。そういう意識を持っている人が、政治に関わっていることが切実な問題といえる。

僕自身は、少子化が悪いと考えていない。これは何度も書いているから、繰り返さない。ただ、子供を沢山産め、という発言は、人権的に問題だ、ということである。また、僕自身は子供を二人授《さず》かった。子供を育てることは、興味深い経験であり、学ぶことは多く、有意義だったと感じている。しかし、人にすすめるほどのものではないだろう。

子育て支援が原因だという見方もあるが、それだけで解決するとは思えない。子育て支援などなにもなかった時代の方が子供は多かった。そうではなく、子供を持つことの不確定さが、今の若者には受け入れがたいライフスタイルなのだ。これは結婚も同じである。かつては当たり前だったことが、今はそうではなくなった。一人で楽しく生きていける時代なのに、どうして不確定な要素、つまりリスクを抱え込まなければならないのか、と考える人が増えた。問題の本質はここにある。

昔は、一人で生きることはリスクがあり、子供を増やすほどリスクが減る社会だった。そうなると、自然に子沢山になる。現在のように、子供のためにそれほど金がかからなかったし、子供が少し大きくなれば働き手にもなった。

子供を増やせというが、今急に子供を増やしたら、老人も多いし幼児も多い社会になってしまう。働き手は少ないから、しばらく財政的にも大変なことになる。もし人口を増やしたいのなら、じわじわと少しずつが良い。たぶん、そうはならない。できるかぎり減り方が緩やかになるように、ということが少子化対策なのだろう。産め産めという話では全然ない。産んだ場合でも、安心して暮らせる、弱者を支援する、という観点でなくてはいけない。すなわち、子育て支援は、少子化問題ではない、ということである。ここを間違えている政治家は、国の未来が見えていない。

男女の差別についても、同じようにたびたび話題になるが、僕は戸籍に男女を記入するのをやめたらどうかと思っている。まずは、そこが基本ではないだろうか。男だろうが、女だろうが、どちらでも好きなように、という社会にするべきだ。

もう少し先進的に考えると、親子関係も自由にした方が良いかもしれない。望むなら、その情報を消去できるようなシステムがなければ、本当の個人の自由は実現できない。

47 言論《しんし》を弾圧する国家が、今も成り立っていることを、真摯に受け止めるべき。

ソビエト連邦が崩壊したとき、やはり民主主義が正しい道だったのだ、とみんなが感じただろう。それ以前、特に僕が子供の頃には、共産主義が理想の社会だという思想が、けっこう社会に流通していて、資本主義は金持ちが労働者から搾取する、いわば封建的な仕組みだと主張していた。

共産主義は、その後修正され、資本主義を取り入れた社会を目指している。これはロシアも、そして中国もそうだ。しかし、どちらも、民主主義国家から見れば、まだ独裁的な国に見えるだろう。

たとえば、中国では、指導者を大衆が選挙で選ぶことができない。自由な発言が許されない社会のままだ。天安門事件から三十年が経った。あの事件の頃は、中国共産党が三十年も存続するとは夢にも思わなかった。おそらく、アメリカもそう考えていたのではないか。市場を開放すれば、いずれ民衆が政府を倒すだろう、と想像したにちがいない。

さて一方で、多くの民主主義の自由社会は、最近どうなっただろうか。少々雲行きが怪しくなっていないだろうか。アメリカなどは、テロに悩み、銃規制もできない。移民に対して揉《も》めている。中国がちょっと力をつけてきたら、潰《つぶ》しにかかろうとしている。とても大国のやることとは思えない。トランプ大統領が選挙で勝ったことが、知識人かららしたら、驚きの結果だった。

イギリスも選挙でおかしくなったし、フランスも揉めている。つまり、民主主義の欠点がだんだん露《あら》わになってきた。大衆が目先の利益を求めすぎる。他国を敵視する傾向にある。経済的に陰りが見えてくると、資本主義は途端に不安定になるようだ。だが、経済的に発展を続けることは、物理的に不可能である。地球環境も犠牲になりかねない。簡単にいえば、発展は頭打ちになる。そうなるのが自然なのである。

ところが、発展し続ける夢を追う人が沢山いて、不況になると、外国のせいにしたがる。そういう声を集めて、政治家は関税を引き上げる。どこが間違っているのかといえば、大衆が自分たちのことしか考えていないこと。そんな我儘《わがまま》な声を集めるから、民主主義と資本主義とで社会が捻《ねじ》れてくる。政府は選挙の手前、大衆に迎合するしかない。

そこで、共産党のように絶対的な権力がある場合、少々無理なコントロールが可能であることが有利となる。理想的な方向へ国を導ける、というわけである。はたして、どちらが勝利するのだろうか。あるいは、どう折り合いをつけていくのだろうか。

48
森博嗣ともあろう方が、どうして子供など作ったのですか？と言われたが。

直接言われたことはない。直接言ったら、さすがに下品だろう。そうではなく、陰で呟かれている。もう二十年くらい、ほぼコンスタントに呟きを聞いている。おそらく、森博嗣は、そういう無機質なイメージなのだろう。悪くない。それほど買い被《かぶ》られたら、ちょっと恥ずかしい。そんな理想の聖人では、もちろん全然ありません。

既に書いたことがあるが、結婚するときには、子供なんか作るつもりはなかった。奥様は特に、そう強調していた。僕もそれに異存はなかった。ところが結婚して二年めにできてしまった。意外なことに、奥様が産みたいとおっしゃった。生まれてみたら、奥様は「子供がこんなに可愛いものだとは思わなかった」と態度を一変し、溺愛《できあい》した。

子供ができたことで、父親になったわけだが、最初は実感がなく、特に仕事（研究）に没頭している時期だったので、僕はほとんど育児を手伝っていない。今思うと、申し訳ないことをしたと反省しているが、幸い、奥様は専業主婦だったので、なんとか乗り切ることができた。子供は成長し、成人し、すぐに自立し、今は二人とも三十代である。

森家の跡を取らせようというつもりもなく、また、一緒に暮らそうとか、老後の面倒を見てもらおうとかは考えていない。今、長女がたまたま同居しているが、それは彼女の選択である。世界中どこにいても仕事ができる職種なので、これが可能となっている。長男は今は東京にいるようだ。一年に一度くらい会っているが、詳しいことは知らない。

子供がいると、「親」という体験ができる。これは、わりと貴重なものかもしれない。勉強になることも非常に多いし、考え方もやはり変わるだろう。たとえば、自分の親の気持ちが、今頃になってわかったりする。人間関係における立場というのは、実際に立たないと、なかなか想像できないもののようだ。

だが、未婚の人に、結婚しなさいとか、子供のない人に、子供を作ることをすすめるのは、間違っているだろう。それほどのものではない。結婚しなくても、子孫を作らなくても、べつにとりわけ変わったことではない。それも一つの経験である。むしろ、そちらの方が貴重な体験かもしれない。

はっきりいって、成行きだと思う。誰でも、自分の前にある道を歩く。いきなり遠くの道へワープするわけにはいかない。道を歩いていて、出会うものがあって、そのたびに選択するだけだ。その歩き方しかない。出会わなければ、その選択がない。出会わないことが悪いわけでもない。大切なのは、自分一人が歩いている、との自覚である。

49

久しぶりにMacを購入して、新しいマシンでこれを書いている。

デスクの上に三台のMacを置いていた。二台がMac Airで、そのうち六年くらいまえの型を小説の執筆に使っていた。もう一台は三年くらいまえの型で、主にブラウジングに使っている。さらに、十五年以上まえのPowerBookで、出版関係のデータをエクセルで集計している。ハードディスクがまだ動いている。壊れたら集計をやめるつもり。

仕事に使っていたMac Airが少し古くなっていた。付属のSafariでYahoo!も見られなくなった。銀行へもログインできない。執筆だけならば問題はない、とはいえない。実は日本語の辞書の出来が悪く、誤字が非常に多い。ずっと校閲の人に迷惑をかけてきた。

趣味のものだったら、資金を惜しまずつぎ込むところだが、仕事の道具になると、そういう贅沢をしない、というのが僕のポリシィだから、我慢をしていた。普通は、仕事なら経費で落とせるから最新のものを使うべきだ、と判断するところだろう。奥様も、僕が不便さをぼやくたびに、「新しいの買いなさいよ」とおっしゃっていた。

春頃に、ついに新しいMacを買う決心をした。またも、Mac Airである。もっとも、二台のシネマディスプレィ（二十四インチ）を並べているので、ノートパソコンのMacと接続し、本体のモニタは閉じたままだ。キーボードもマウスも、外付けのものを使う。

新しいパソコンを買うと、メールやネットワークの設定をしなければならないのだが、今回はなにも必要がなかった。起動して、基本的なユーザ登録をしただけで、周囲のMacの設定を自動的にインストールして、たとえば、ブラウザのお気に入りなども、開いたときには既に設定されていた。便利な世の中になったものである。

作家の仕事をするためなので、日本語の辞書に期待していたが、これもなかなかよろしい。その日のうちに馴染《なじ》んでしまった。動画などの処理も速く、YouTubeへの投稿も編集も楽だ。もっと早く買えば良かったかも。

ところで、僕はこれで四台めのMac Airになるが、このパソコンは初めからハードディスク（HDD）ではなく、ソリッドステートドライブ（SSD）だった。当時は非常に珍しかったが、今では当たり前の装備になった。パソコンの寿命は、ほぼハードディスクの寿命だといっても良い。ハードディスクがなかったら、どこが壊れるだろう、と心配していた。キーボードかモニタか。たぶん、一番はバッテリィだろう。これらのいずれも、僕は使わない。結局、四台とも、まだどこも壊れていない。そのまえに、ソフトが古くなり、新しいシステムもインストールできなくなる、ということなのだ。

50

交通事故が怖いから運転しない、というのは、ある意味、怖い発想である。

以前は、ほとんどの人が運転免許を持っていた、といっても良いほど普及していたはずである。それが、しだいに減ってきた。若い男性でも、免許を持っていない人が増えているそうだ。特に、交通事故のニュースが絶えない昨今、「事故が怖いから」とおっしゃる方も大勢いる。その気持ちはわかる。だけど、それでもみんなが運転をしてきたのだし、万が一というときのために保険もある。

自動車を運転するチャンスというのは、これからは貴重になるはずである。もしかしたら、サーキットで実車を運転して遊ぶ時代になるかも。しかし、それくらい面白いものだ。少なくとも、遊園地のアトラクションよりは、エキサイティングで楽しめるだろう。

僕は、若い頃から自動車を運転してきた。若い頃のデートは、すべてドライブだった。新婚旅行も自分の車で行った。初めて海外へ行ったときも、アメリカからカナダへドライブした。通勤にバスや電車を使ったことは一度もない。すべて自分で運転して職場へ通った。ラジコン飛行機を飛ばしにいくのも自動車だし、家族旅行も自動車で出かけていった。

ほとんど毎日乗っている。今でもドライブが楽しみの一つだ。自動車とともに生きてきたようなものだ、と感じている。そろそろ年齢も年齢だから、これができなくなるかな、と思っているけれど、それよりもさきに自動運転の装備が、あっという間に普及しそうだ。

自動車の運転をするのは、もちろん、それだけの責任を負う行為である。人を傷つける危険がある。だから、そういった覚悟は必要だ。しかし、この覚悟は、多かれ少なかれ、どんな行為でも生じるものである。

建築現場で働けば、事故の可能性がある。自分が設計したもので、もしかしたら被害が出るかもしれない。社会で仕事をするというのは、どこかで誰かを傷つける可能性からは逃れられない。そんな心配をしていたら、事実上なにもできなくなるだろう。

自分は運転しない、としながら、他者の車には同乗するという人が多い。それでは責任を逃れているだけで、社会の安全には貢献していない。友達の車なら、友達が責任を取る。バスや電車に乗れば、運転士が責任を取る。単に自分には非がないという立場を確保しているだけだ。今のところ、誰かは自動車を運転しないといけない。宅配便がなければ困るし、物流の大半は自動車の運転で成り立っている。それを利用しているのに、自分だけは責任は取れない、とは、ある意味、自分勝手ともいえる。もちろん、僕はそれを非難しているのでは全然ない。威張《いば》れるようなことでは全然ない、と申し上げたいだけだ。

51

毎日、お風呂上がりにヨーグルトを飲んでいる。

ヨーグルト系がだいたい好きである。ケーキもヨーグルト味を選ぶことが多い。アイスクリームも少し酸味がある方が好きだ。ジュースも乳酸系のものばかり飲んでいる。甘酸っぱいものが好きらしい。子供のときからそうだったかというと、僕が子供のときには、ヨーグルトというものはなかったのである。

特に、一昨年入院をして、その退院のときの食事指導なるものが効いている。ヨーグルトを食べなさい、と言われたのだ。充分に食べてはいたが、そう言われると、もっと食べたくなる。それで、毎日ヨーグルト系のドリンクを飲むことになった。ほかにも、朝食をとりなさいと指導されたが、今は朝食どころか昼食もほとんど食べない。これは、この方が体調が良いからだ。しかたがない。血液検査の結果では、特に悪い数値は出ていないので、まあよろしいのではないか、と考えている。

コーヒーを相変わらず、よく飲んでいる。毎日三杯くらい。もちろんブラック。自宅以外で飲むときは、カフェラテが多い。どうしてなのか自分でも理由がわからない。ただ、僕はコーヒーを三時間くらいかけて、少しずつ飲む。外出した先では、そんなにゆっくりとは飲んでいられないことが多い。その場合、カフェラテの方がぐっと一気に飲みやすいからかな、と想像している。

アイスコーヒーは飲まない。ここ数年一度も飲んでいない。冷たい飲みものは、本当にヨーグルト系くらいしか飲まないかもしれない。若いときは、がんがんに冷やした牛乳なんかが好きだったが、今は飲まない。がんがんに冷やした麦茶も飲んだが、今は飲まない。夏でも、ホットコーヒーかホットのカフェラテである。ヨーグルトは温めて飲めないから、冷たいわけである。

今住んでいるところが涼しい（冬は寒い）から、このようになったのかもしれない。夏でも汗をかくようなことはない。そういえば、コーラもあまり飲まなくなった。奥様は今もよく飲んでいるようだ。炭酸系のものは、だいたいあまり好まなかった。コーラを飲むようになったのは、奥様の影響である。

三十何歳だったか忘れたが、禁煙をする少しまえから禁酒をしていて、それ以後、アルコールを飲んでいない。特に禁じているわけでもないが、飲むような機会もないし、飲みたいとも思わない。これは煙草も同じだ。そうそう、水も飲まない。ミネラルウォータなども飲む機会がない。日本茶は、毎日夕食のときに半カップほど飲んでいるだけ。

52 ビスケットのRITZを、ほぼ毎日食べている。

特に大好物だというわけでもないが、気がつくと、いつもだいたいこれを食べているような気がする。何箱かまとめて買っていて、書斎に置いてある唯一の食料だからだ。飲むものはキッチンまで行って、作って持ってくる。コーヒーなどを口に含むと、なにか少し食べたくなるから、ビスケットを一枚か二枚口に入れることが多い。特に、仕事をしているとき、自然に食べたくなる。頭にエネルギィ補給をしているようなものだろうか。

それ以外に多いのは、チョコレートである。これは、自分で買うことはない。すべてもらったものだ。もっと説明すると、読者（ほとんどは、たぶん女性）からのプレゼントである。だから春先が多い。あとは、誕生日付近が多いかも。もらったから食べている。何故チョコなのか、というと、そこにチョコレートがあるからだ。

RITZというのは、チーズとかサラミなどをのせて食べる雰囲気があるビスケットだが、僕はなにものせない。なにかをのせて美味《うま》いと思ったことがあまりない。クロテッドクリームに凝ったことがあって、そのときに試してみたが、別々に食べた方が、両方とも美味いと思った。つまり、共倒れである。生クリームも好きで、合いそうな気もしたが、単にスプーンの代わりになっている程度の意味しかなかった。食べられるスプーンとしての機能は、まあまあ認められるものの、やはり、別々に楽しむ方が良好であるし、一緒にするのはもったいないことだ、と感じてしまう。

サーモンや生ハムも好きだが、はっきりいってRITZとは合わない。むしろ寿司にした方が食べたくなる。サーモンや生ハムをシャリにのせるという意味で、RITZとシャリの寿司ではない。勘違いしないように（するか？）。

いつだったか、RITZを粉々に砕いて、チーズケーキのベースにしたことがあった。これはなかなか美味かった。仄《ほの》かにRITZの香もあって、チーズが引き立ったように思う。

このビスケットは、かつては日本のヤマザキナビスコが販売していたが、現在は販売元が変わったようだ。科捜研の女の人が宣伝をしていて、今は別の名前のお菓子になったらしい。ここまで書いて、ちょっとネットで検索してみたら、ビスケットではなくクラッカとあった。違いは僕にはわからない。

僕は、ポテトチップスをあまり食べない人間だ。だから、そのかわりにRITZを食べているのかもしれない。仄かに塩気があるのが、食べたくなる要因なのではないか。もしかしたら、大好物なのだろうか、とこの頃疑っている。

53

老後で考えたのは、とにかく遊ぶこと。ただ遊ぶだけの老後です。

子供のときを含め、若い頃からずっと抱き続けてきたのは、「もっと遊びたい」という思いだった。勉強や仕事があって、そちらに時間を取られるから、思う存分遊ぶことができない。夏休みなどが、比較的自由に近い期間だったけれど、そのときどきで、けっこうやらなければならないことがあった。遊びに没頭できないのだ。

僕の場合、遊びの大半は、工作である。なにかを作りたい。自分で考えたものを作りたい。そういう欲求が強かった。作るには時間がかかる。ゆっくりと考えたいし、また腰を落ち着けて、じっくりと製作したかった。でも、なかなかそんな余裕はない。時間が限られているから、どうしても慌ててしまい、失敗をすることが多かった。

かといって、一つのことに集中するようなのが苦手だった。あれもやりたい、これもやりたい、全部やりたい。いつか思い切り自分だけで楽しみたいことが沢山あった。勤めていた頃は、定年になったら、好きなことができるかな、とぼんやりとイメージしていたけれど、それまで生きていられる自信がなかった。子供の頃から躰が弱く、自分が健康だと感じたことなどなかったからだ。

やりたいことは、しだいに絞《しぼ》られてきた。というよりも、できることの範囲がわかってきた。手が届きそうにないものは早々に諦め、これとこれはしよう、と決めたのが、三十代の半ばのことだった。決めても、今すぐにというわけにはいかない。なにしろ仕事が忙しい。大学の教官というのは、普通の会社員よりも忙しいだろう。分担するようなスタッフがいないから、全部自分一人でするしかない。残業は当たり前。しかも手当はゼロである。それなのに、真面目な人間ばかりだから、やった方が良いことは、やるべきことになる。結果として、際限なく仕事をしなければならない環境となる。

これが、まだ自分の研究に関することなら、さほど苦にならない。好きでやっていることだからだ。そうではなく、文科省への書類を作る仕事、大学の将来を考えて、あれこれ企画・提案する仕事などが、押しつけられる。大半は無駄な会議の時間だ。朝から夜遅くまで、ずっと会議という日が週に何日もあったりする。

これでは、いつまでたっても好きなことはできないのではないか、と少し不安になったので、別の仕事をして、金を稼げるかどうか試してみたくなった。ほかの仕事をしたことがないので、実験しないとわからない、という思いから、小説を書いてみた。作家になったのは、やはり「遊びたかった」からというのがメインかもしれない。

54 エレクトロニクスとプログラミングを体験できた時代だった。

僕が子供の頃は、エレクトロニクスの時代だった。ダイオードやトランジスタが発明され、日本はその分野で一躍世界に注目され始めていた。少年少女は、みんなエレクトロニクスこそが自分たちの未来だ、と感じていただろう。

小学生でも、ラジオを自作していたクラスメートが何人かいた。アマチュア無線技士の国家試験に小学生が合格したという話も全然珍しくなかった。近所に大きなアンテナがある家を友達と一緒に訪ねていき、無線機などを見学させてもらったりした。そういう家が同じ町に何軒もあったし、例外なく子供たちに詳しく説明をしてくれた。みんな、目を輝かせていただろう。

電子工学については、小学校では教えてもらえない。中学に上がると、ゲルマニウムラジオくらいなら技術の授業で作ったりしたらしい（僕の学校では技術の授業がなかったので、これは友達から聞いた話だ）。そういったエレクトロニクスの知識は、少年向けの雑誌から得ることが多かった。

この頃に学んだ電子回路の知識は、今でももちろん通用する。トランジスタはICになったけれど、基本的な部分は変わっていない。単に「集積」しただけで、むしろ手軽になっている方向である。ただ、あっという間に電子機器を自作することが無意味になった。値段がどんどん下がったから、完成品を買った方が安くなってしまったのだ。

十年もしないうちに、コンピュータの時代が到来した。それは、最初は電子基板だった。ハンダづけをして、周辺機器を配線しないと役に立たないし、またプログラムしないと動かない。しかも、プログラムを記憶するためには、少々高い機器が必要だった。

電子回路の知識は、ここでは役に立たない。今度は、機械を動かすためのプログラミングに、若者は夢中になった。沢山のコンピュータ雑誌が書店に並ぶようになり、機械語、アセンブラ、そしてBASIC、FORTRANという言語を勉強するようになる。大学に入った頃には、C言語が現れた。

就職して研究者になった頃が、最盛期だっただろう。すべてのアプリは自作した。シミュレーションも、CADも、スプレッドシートもオリジナルだ。ゲームも幾つか作った。これが、僕が二十代前半の頃。十年後には、すべてのソフトは市販品になり、誰もプログラムをしなくなる。それでも、コンピュータが得意だというだけで就職ができた時代だった。

若いときに、これらの経験ができたことは、ラッキィだったと今も感じている。

55 漫画同人誌を作っていた頃、何が面白いと思っていたのか。

高校三年生のときに、初めて漫画同人誌なるものを作った。これは、高校の漫画クラブの機関誌だった。当時は同人誌という意識はなかった。そのときの仲間が、大学に進学し、ばらばらになったのだが、それでも同人誌を作ることになった。その後、東京のコミケを真似て、日本で二番めの同人誌即売会を名古屋で始めた。自分たちの本を、もっと沢山売りたかったからである。

僕は、大学生の間、主にこの活動に熱心に取り組んだ。僕の役目は、事務局のようなもので、出版した同人誌の連絡先が僕の自宅になっていた。だが、グループが少しずつ有名になり、数年後には、アパートを共同で一室借りて、編集室として使うことになった。特に、そんなスペースが必要だとは思わなかったけれど、当時はみんな若く、そういったビジネスごっこ自体が楽しかった。つまり、「出版社ごっこ」で遊んでいたのだ。

そのアパートの家賃は五千円くらいだったと思う。一室だけで、トイレは共同。家具は、みんなの実家に余っているものを運び入れた。大金を叩いて電話も引いたし、けっこう本格的な活動をしていたのだ。

僕自身は、この遊びが長く続くとは考えていなかった。僕は、漫画に対しては、真剣ではなかったと思う。どちらかというと、ビジネスごっこの方が面白かった。新しい企画を立て、戦略を練り、広報活動をして、少しずつ事業を拡大していく、そんな醍醐味《だいごみ》があった。まるで、ベンチャ企業を立ち上げたような感覚に近かった。

結局、最後はみんなが就職をしてしまい、この遊びは終わった。僕も、就職とともに遠くへ引っ越し、結婚をした。

結婚相手は今の奥様だが、彼女も漫画の描き手であり、僕たちの同人誌に投稿してきた一人だった。それで、結婚後もしばらく二人で同人誌を作った。印刷にかかるお金は充分にペイできるくらい人気があった。当時の仲間から、プロになった人も何人かいる。

まさか、のちに小説を書くことになるとは、自分でも考えていなかった。でも、本を作ることの楽しさは知っていたから、自分の本のカバーデザインなどに、いろいろ意見を出すのはこのためである。作家になって、絵を自分で描いた絵本も出した。同人誌の延長、つまりノスタルジィだったかもしれない。

あの方面へ進まなくて良かった、と思っている。面白いことが、必ずしも得意な分野ではない、ということだろう。

56 結局、人に使われる経験、人を使う経験をしない人生だった。

僕は、会社員の経験がない。大学に勤めていたから、サラリィマンではあったけれど、大学はちょっと特殊な組織だ。上司がいないし、ノルマもなかった。頭を下げなければならない客もいない（学生が客といえば客であるが）。給料を支払ってくれる相手の顔が見えない（国家公務員だから、金を出しているのは国民だが）。

バイトも幾つかしたけれど、家庭教師は、雇われているといっても、相手から指示されたり、文句を言われることはまずない。安気《あんき》な仕事である。金のために我慢をする、という経験がないといえる。

途中から、作家になった。この仕事は、出版社からお金をもらっているから、出版社が雇い主である。だが、一作ごとの契約であり、いわばフリーといえる。自営業だ。仕事は執筆だが、その内容について指示もないし、口出しもない。文句を言われたことは一度もない。仕事で会うのは、担当編集者であり、出版社の社長ではない。編集者は、会社の指示で仕事をしている。作家に対しては、腰が低い。持ち上げてくれる。普通にしていれば、怒られたりはしないだろう。それどころか、接待を受ける。海外旅行にも何度か連れていってもらえた（名目上は取材であるが）。普通は、接待を受ける方が金を出す側だから、なんか、反対のような気がする。もらってばかりの美味《おい》しい職業である。

一方、僕は人を雇ったことがない。例外として、ホームページの管理などを依頼している仮想秘書を雇ってはいる。けれど、これはちょっとしたバイトであり、面接をして採用した「部下」という感覚ではない。税理士も雇っているけれど、これも、専属の人ではない。建物を造るために建築屋を雇うのと同じである。

作家も一流になると、秘書や助手、あるいは運転手、お手伝い、家政婦など、仕事をサポートする人がいるようだ。昔の作家だと、書生《しょせい》と呼ばれる人がいたらしい。古い文章には、弟子という言葉も、しばしば登場する。作家の下で、どんな勉強をしたのだろう。たぶん、出版社への推薦（仕事の斡旋《あっせん》）が、主な報酬だったのではないだろうか。

仕事の関係というのは、報酬を払う側と、それに対して奉仕する側、つまり金の流れる始点と終点からなる。そういう人間関係はドライであるべきだ。長く続くと親しみが湧《わ》き、それがこじれて問題になり、決裂したりする。金が絡《から》んでいるから、縁が切れるのが遅れるためだ。これは、結婚も同じかもしれない。愛情が終わるから切れるのではない。金の切れ目が縁の切れ目になる。経験しなくて良かった、と思っている（何を？）。

57 この十五年ほどは、ネットオークションが行きつけの店だったかな。

いつも行きつけの模型屋があった。また、いつも欲しいものがある店を探していた。旅行すれば、その土地で模型屋を訪ねた。そのうち、日本の模型屋には、もう僕の欲しいものがなくなり、海外で探すようになった。

そういった努力をしないと、自分が欲しいものは手に入らない。そういう時代だったと思う。それが一変したのが、ネットオークションだった。まず、日本のオークション、ヤフオクで、僕は沢山の買い物をした。トータルで千点近く、金額では一億円ほど買ったと思う。当初は、面白い出物がつぎつぎ現れたから、エキサイティングだった。もう、日本中の模型屋を回らなくても良くなった。

これが十年ほどで頭打ちになった。欲しいものが出てこなくなったからだ。最初は、家にある不要な品々が出てきたが、それが一巡したらしい。もう僕が欲しい分野の品は、すべて売り手から買い手へ移動した、と解釈できる。

しかたがないので、海外のオークションに目を向けた。海外では、ネット以前に、趣味の分野のオークションが盛んで、それらがそのままネットに便乗してきたので、遠くからでも参加ができた。また、eBay なども、もちろん有名である。

こちらも十年ほどのめり込んだが、だんだん欲しいものが減少している。そろそろ僕の中で飽和状態かな、と思われる。

毎日、ネットオークションを一時間は眺めている。毎日必ずである。また、出物があった場合に教えてくれる人も十人ほどいる。森博嗣が買うだろう、というものを知らせてくれるわけである。今では、これらのオークションで購入したことが縁で、アメリカ、イギリス、ドイツの模型店から、面白い出物があると知らせてくるようになった。上客というわけである。残念ながら、日本の店では、そういうのはない。たぶん、アンティークなどでは流通網があるのだろう。日本は模型の歴史が浅く、また骨董品《こっとうひん》のように高くないから、業者がやりたがらないということだろう。

僕が買うのは、どこかのマニアが作った一点物である。大半は壊れている、つまりジャンクだ。それでも、僕には宝物だ。

ネットオークションが、僕の行きつけの店になった。でも、もうそろそろ潮時である。本当に楽しい思いをさせてもらい、貴重な品々を入手することができた。最上級の幸運だったと思っている。素晴らしい時代だった、と懐かしもう。

58

若者の目には、沢山の「無駄」が見えている。

若い頃の僕は、世の中に無駄が多いことがいちいち気になった。どうして、こんな無駄を見過ごしているのだろう、何故すぐに改善しないのだろう、と不思議でならなかった。もちろん、その多くは、無駄をなくすことで困る人たちがいたからだ。つまり、無駄で食っている職種というか、無駄が役目の人が大勢いた。世間は、そういう無駄を含んだまま回っていたのである。

一例を挙げると、街路樹の剪定《せんてい》をする仕事がある。電線に引っかかりそうな枝を毎年払っている。しかし、枝の先を少しずつ切るだけだから、すぐに同じ作業が必要になる。もう少し枝の根元から切れば、作業の回数が減るだろう。だが、それでは仕事がなくなってしまう。このような例はとても多い。どんな仕事にも、同じようなものがあるはずだ。

国立大学にいたから、お役所仕事も目《ま》の当たりにしている。「どうしてそんな無駄なことをわざわざするの？」ときくと、返ってくる答は、「それをする役目の者がおりまして」である。

日本の社会は、しだいに余裕がなくなってきている。無駄は排除されるようになった。合理化しないとやっていけない時代なのだ。昔感じた無駄は、悉《ことごと》く改善されたように見える。だが、それは僕が現場から離れたから、見えなくなったためだろう。

僕の母は、晩年庭に出て、雑草を抜き、落葉の掃除《そうじ》をしていた。無駄なことをするものだ、と僕は思った。庭よりも自身の体調の方が大事だ。僕は、何度もそう言った。癌《がん》を患《わずら》っていたから、病院通いが絶えなかったのだ。何度も入院をしたが、家に戻ってくると、庭に出て掃除をしていた。どうしてそんな無駄なことをするのか、と腹が立つときもあったのである。

しかし、自分が老人になってみると、毎日庭掃除をしたくなる。若い頃には絶対にしなかった無駄なことをしているのだ。ただ一時的に綺麗になるだけのことで、明らかに将来性のある作業ではない。そもそも、老人にとって将来性というものはないのだ。

そんな無駄をしたくなる。つまりは、無駄ではない。

考えてみれば、生きていること自体が大いなる無駄である。いつか死ぬのだ。将来性はない。それでも、楽しいから、ちょっと綺麗になるから、苦労をして汗を流し、躰が痛くなってもやってしまう。結局は、それが人間の生き方なのかもしれない、とわかってきた。否、まだわかっていない。わかるときは、きっと死ぬまで訪れないだろう。

59 自分が使っている身近なものの仕組みを、ほとんどの人が知らない時代。

僕は、工学が専門である。また、あらゆる機械の仕組みを知りたがる子供だったこともあって、今現在、身の周りに存在する機器で、仕組みが思い浮かばないものはない。どんな仕組みで機能しているのか、おおよそ説明することができる。ただ、それを自分で作れといわれると、大半は無理だ。それくらい高度になり、すべてが複雑化している。

しかし、一般の方、若い人、あるいはそういったものに興味をこれまで持たなかった人たち、つまり世間の九割くらいの人は、自分が使っているものでも、仕組みを知らないだろう。電子レンジがどうして、ものを温められるのか、答えられますか？　電波はどうして、壁やガラスをすり抜けるのですか？　エンジン、モータ、バッテリィは、どんな仕組みなのか、わかりますか？

普通の人たちは、仕組みをわかりたいとも考えない。説明を聞いても、自分にはどうせわからないものだ、と思っている。使い方がわかれば、使うことができる。エンジンがどうしてガソリンで回るのか知らなくても、自動車は運転できる。ガソリンを入れる必要がある、車検を受けないといけない、ということを知っていれば充分だというだろう。

そういう意味で、今は魔法の時代である。離れているのにコントロールができ、遠くの人と話ができ、世界中の情報を家の中で見ることができる。強力な魔法としかいいようがない。

そうなると、できないことがある、という現実が逆に信じられないだろう。どうして地球の中心へ行けないのか。何故、海の底まで潜《もぐ》れないのか。宇宙旅行なら、ワープすれば良いではないか。タイムマシンを、もうどこかが開発しているのでは。そういう想像をする人が多い。科学的なバックグラウンドがないと、すべてがSFになり、すべてがリアルなのだ。なにがファンタジィで、どこから起こりうる未来なのかも、区別がつかなくなる。科学技術を魔法と同じだと考える人たちが増えているように、僕は感じる。

僕の処女作は、二十四年まえに書いた小説だが、最新技術の研究所が舞台だったので、それなりの機器を登場させた。すると、当時多くの人たちが「これはSFだ」と言った。「非現実的だ」との感想もあった。しかし最近になって、「今ではすべて実現している技術だ」と言われ始めた。そうではない、当時既に実現していた。単に普及していなかっただけである。最近、SFものを書いているが、僕は科学的に実現できないものは、書かない。つまり、空想はしていないということかもしれない。空想力がないのかな……。

60 ブラックホール発見というニュースの凄さを、みんなはわからないようだ。

つい最近、ブラックホールの撮影に成功した、というニュースが流れた。もの凄い大ニュースだが、あまり世間の人たちは感動しなかったようだ。ブラックホールの直接の証拠が、ようやく得られた。単なる空想ではなかった、とわかった。だが、それにしては、つれない反応である。少しまえに、重力波が初めて観測されたときも、同じような感じだった。みんな、どうだって良い、と思っているのだろう。

僕にしてみると、政治とか経済とかオリンピックとかワールドカップとか、芸能人の結婚とか、天皇の交代とか、どうでも良いと思う。そんなの、ブラックホールと重力波の観測に比べたら、めちゃくちゃ小さいことではないだろうか。

子供の頃、ブラックホールという言葉を初めて知ったとき、それはまだ空想上のものだった。実際に存在するかどうかわからない、というのが定説であった。一部の科学者が、それが存在すると主張したらしい。「予言」しているという表現もあった。まるで、ノストラダムスみたいなものだ、との認識を一般にも持たれていた。

宇宙の話題になると、必ず宇宙人が登場して、その「想像図」が紙面を飾った。誰が想像したのかわからない。学者がそんなものを描くとは思えないが、ブラックホールも、この類だったのである。

今回のブラックホールの撮影は、多くの天文学者が協力し、世界の各所で観測したデータを総合した結果である。誰か一人がたまたま撮影したものではない。その意味では、UFOとか雪男の類とは一線を画するので、混同しないように。

「やっぱり、本当なんだ」というほどびっくりはしなかった。というのも、それ以前からブラックホールはほぼ存在することが定説となっていた。もし、存在しなかったら、もっと不思議なことになってしまうのだ。

僕が子供の頃に比べて、宇宙はだいぶ見通しが良くなった。最近だと、冥王星が惑星ではなかったとか、さらにその外側にまだ惑星がありそうだとか。近くの話だと、月には水がありそうだ、火星にもありそうだ、などなど。一方で、火星人は結局いないようだとわかったし、太陽の反対側に地球がもう一つある、ということもなかった。月面の裏には、ナチスの残党が潜《ひそ》んでいるという話も、続報を聞かない。

人が乗った宇宙船は、地球の周囲を回るだけになってしまって、それは少し寂しい。わざわざ人が行かなくても、たいていのことができるようになったからではあるが。

61 どれか一冊、自分の本をすすめるとなったら、迷わず短編集である。

作家になって、雑誌などのインタビューやファンからの質問で、「自作のベストはどれか」とたびたびきかれた。どういうわけか、最近はなくなった。書きすぎてしまったから、もう全部を誰も把握していないためかもしれない。森博嗣は斜に構えていて、どうせ丁寧な返答をしてくれない、と見切られてしまった感もある。ま、そのとおりだが。

以前は、長編で、と尋ねられたので『スカイ・クロラ』と答えた。本だったら、短編集の『まどろみ消去』を挙げている。前者は、今は違う作品（『赤目姫の潮解』）になったし、後者は、自選短編集『僕は秋子に借りがある』を出したので、そちらになった。

デビューして、ようやく人気が少し出たのは三年めか四年めだった、と思う。「ベストセラ作家」などといわれたのは、今世紀になってからだ。『まどろみ消去』は、デビュー作が出た直後に書いたもので、「人気」などの意識もなく、自分が納得のいく作品を書いた。その意味で、一番森博嗣らしい作品となった。編集者は、「え、短編集ですか？」と驚いた。書いてほしかったのは、シリーズものの続編だったからだ。「短編集は売れませんよ」とも聞いた。そういう逆風でも怯《ひる》まず出した本なので、思い入れがある。

　今でも、自分では短編を評価している。僕の場合、自分の評価が絶対だから、傑作は全部短編だと結論しても良い。売れないのは、小説の価値をわかる人が少ないからだ、と分析している。これも、僕は断言できる。そういう価値観の持ち主である。特に、ミステリィでなければ読む価値がない、という少数のマニアが一部にいるので、そういう人たちから離脱するためにも、出しておいて良かった、と評価できる一冊である。

　しかし、その後は本当に売れ始め、やっぱりビジネスなのだから、読者の期待に応えるのが使命かもしれない、とも多少は思い直し、だんだん短編を書かなくなった。望まれていないものを書いてもしかたがない、という気持ちからである。

　それでも、ごく少数だが、僕の短編を評価している人もいる。ミステリィではなく、小説をきちんと読んでいる人たちだろう。「また短編集を」という声も届くのだが、なんとなく腰が上がらない。まあ、死ぬまでに、あと一冊くらい出しても良いかな、という程度には考えている。でも、一編では本にならない（電子なら可能かな？）。そこが気の重いところではある。このままずるずると引退する未来しか、今のところ見えない。

　短編は、頭の瞬発力が書かせるもののように思う。歳を取ると書きにくい。年寄りは、長編しか書けなくなるように感じている。御愁傷様です。

62 政治家が選挙運動をしない法案を通してほしい。あれは無駄だと思う。

まず、演説が無駄だ。声を張り上げるのも下品だし、聞いていても、日本語の文法がおかしいから、子供には聞かせられない。百年くらいまえのやり方ではないか、という時代錯誤だ。高校のとき、弁論部なるクラブがあって、何をするところなのか、と不思議だった。総理大臣も出した歴史あるクラブだったが、なにか古来の伝統を受け継ぐ、能とか日本舞踊の類のマニアックな趣味なのか、と想像した。それが五十年まえのことだ。

今はメディアが発展したのだから、各自が主張を文章にして、誰にも読めるようにしておけば充分だろう。本人の人柄など、会ってわかるわけでもなく、まして握手や宣伝カーでは演技力くらいしか観察できない。あのエネルギィや金がもったいない。誰も聞いていないのに、大声で叫んでいて、とにかく煩い。もの凄く喧《やかま》しい。

政治家は、「選挙戦」と呼ぶ。「戦い」だそうだ。何が戦いなのか。雄叫《おたけ》びを上げ、「えい、えい、おう!」なんて気合いを入れる意味は何なんだ? 非常に白ける。選挙を「戦い」と表現することが、もう間違っている。国民はただ、信頼できそうな党なり、人なりを選ぶだけだ。大勢に選ばれることの、どこが「戦い」なのだろう？　誰と戦っているつもりなのか。対立候補と戦っているつもりかもしれないが、いったいどうやって戦うというのか。汗をかき、大勢の人と握手をすることが戦いなのか？　まったく意味がわからない。子供は不思議がっているはずだ。何をしているの？　あの人たちは、と。

　選挙になると、選挙違反が必ず出る。簡単にいうと、金で票を集める、というのが選挙違反である。だから、そういうことを一切できないように、選挙運動をなくせば良い。一切しなくて良い。ただ、主張を発表する。あるいは、質問に答えるとか、討論をするとか。そういう機会を設ければ良いだけだ。僕は、それもいらないと思っているが、実際に人物が動いているところ、話をしているところが見たい人もいるかもしれない。

　おそらく近い将来、ちょっとした議論、討論、インタビュー、質疑応答などはＡＩによってリアルタイムでサポートされるようになるはずだ。そうなると、イヤフォンをしているだけで、優等生の答弁ができるようになる。政治家は、単なるフィギュアになるのかもしれない。まあ、その方が今よりは幾分ましだろう。

　大事なことは、政策である。民衆が喜ぶような政策ではない。民衆がちょっと困るような、つまり我慢を強《し》いられるような政策を、きちんと説明すること。それが政治家に求められるリーダシップの本質である。堂々と選挙で、それを主張してほしい。

63

十年ほど、腕時計を使っていない。いらなくなってしまった。

約束したり、スケジュールが決まっているものが、仕事では多いから、どうしても時間に従って行動することになる。腕時計は必需品だった。大学で講義をするなら、教室まで歩いていく時間を見込んで、研究室を出た。二十年以上勤めたが、講義の開始時間に遅れたことは一度もない。一分まえには教壇に立って、時間になるのを待った。

会議があれば、その時間に出向くことになる。学外の委員会ならば、電車に乗って出かけることになる。日本の電車は、時刻表のとおり動いている。常に余裕を見て、ぎりぎりにならないように行動した。約束をした時間に万が一遅れそうなときは、事前に連絡をするようにしている。それは一分でも、そうするべきだと考えている。遅れる時間の量ではない。遅れるか遅れないかの問題だからだ。時間に遅れないことは、相手に対する最低限の礼儀である。これが守れない人は、つまりその程度の人だとわかる。

ところが、大学を辞めて以来、腕時計を持たない生活になった。そうなったのは、人と約束しない、スケジュールに従って行動することがない、電車にも乗らない、という生活になったためで、自然に不要となった。最初のうちは、書斎に腕時計を置いていたけれど、今は一つもない。電池も切れて、動く状態のものもない。

　今でも外出をすることがあるけれど、自動車に時計が備わっているし、外出するときにだけ使うスマホにも時計があるから、腕時計はいらなくなった。

　庭で活動しているとき、ときどき「今何時頃だろう？」と思うことがある。庭には時計がないし、スマホも持っていない。思っている時刻が一時間くらいずれていた、ということは頻繁にあるが、もちろん、なんの問題もない。毎日の生活で、だいたい時間が決まっているのは、犬の散歩くらいである。これは、犬たちが教えてくれる。

　たぶん、昔の人たちは、こんな生活だったのだろう。天気が良ければ、太陽の位置でだいたい時刻がわかる。明るいうちに、暗くなるまえに、というタイマしかなかったはずである。それに比較すると、現代人は時間に縛られている。それは、仕事だけではない。ＴＶの番組であるとか、友達とのつき合いであるとか、店の営業時間であるとか、常に予定がある。特に、都会人は電車の運行に支配されて生きている民である。ちょっと電車が遅れるだけで、時間を無駄にしなければならない。のんびりと自分の時間を持つことは、実に難しい。非現実的だといっても良いほど難しい。友達からLINEが入ると、一刻を争って返事をしなければならない。不自由なこと極《きわ》まりない。時間は無情である。

64 都会というのは、人間社会の培養実験室のようなものだ。

実験室などで、細胞や植物などを培養《ばいよう》して、条件を変えて変化を観察する、という試験が頻繁に行われている。丸いガラスの皿に、スポイトで試薬を垂らしたりして調べているシーンを、ＴＶなどでご覧になる機会も多いはず。

僕は、都会というものは、人間という試験体の培養室のように思えてしかたがない。都会へたまに出かけていくと、いつもそのイメージが湧き起こる。そういう実験場へ自分は足を踏み入れた、という感覚を抱くのだ。

都会は、経済的、政治的、文化的に最先端である。すべてが都会から始まるといっても良い。まず、そこでいろいろなものが試される。そのあと、これでいこう、と決まったものが地方へ広がっていく。そんなふうに見える。

新しい商売、新しいファッションを、都会で実験しているようだ。パイロットの役目を果たしているといえるだろう。その試験のために、大勢の人間が集められているようにさえ見えてしまう。人間が多いから、早く充分な数のサンプルが得られる。実験にはもってこいの環境なのだ。

そして、重要なことは、これらの試験がつぎつぎと繰り出されているから、人々が「なんか、変だな」「私たちは、どうしてこんなに忙しいのだろう?」「何故、どこも満員なの?」と疑いを持つ暇も与えない、その連続性である。

これが成り立っているのは、マスコミが加速装置として機能しているからだ。ネットも、今となっては同じマスコミになった。試験体の変化を促進させ、しかも都会から抜けられないようにする。一時に大勢が同じことをする、同じ場所へ向かう、そうさせることで、許容値を測定しているようにも見える。ゴールデンウィークとか盆休みとか正月とかに、一斉に多数が移動し、測定対象となっている。本来、そんな足並みを揃える必要などどこにもないのに、それを疑おうともしない。培養室の中のモルモットは、美味しいものを与えられ、自分たちが幸せだと感じていることだろう。

会社というビルへ毎日通うために、満員電車に同じ時間帯に乗らなければならない。どうして、そんな必要があるのか。いったい何のためなのか。誰も考えないようになっているのが、モルモットである証拠だ。

休日は、遊ぶように仕向けられる。自分が自由に好きなことをしているようで、実は、好きなものをこの中から選びなさい、という試験を強いられているのである。

65 統計を取るだけでは、因果関係はわからない。

二つの事象を調べ、両者の関連を論じる、という考察がよく行われている。二つの事象になんらかの相関があるかどうか、がその結論となる。サンプルが多くなるほど、一般的な傾向として受け入れられることになる。たとえば、年齢と交通事故の関係とか、親の学歴と子供の成績の関係などである。ときどき、そういった統計結果がニュースなどで報じられる。研究として調べている場合もあるが、多くはマーケッティング、つまり企業がビジネスの方針を探る目的で調査をするようである。

相関関係がある、と認められるかどうかは、ごく単純な計算によって求められる。一方がこちらへ変化すれば、もう一方はこちらへ変化する、という傾向があるといえる。親の学歴が子供の成績と相関があるのは、知能が遺伝するからで、科学的に因果関係があるという結論になる。しかし、そういった因果関係が疑われる場合だって沢山ある。

先日は、睡眠時間と寿命の統計結果が発表になり、八時間の睡眠をとった人が長生きだという結果だった。そのくらい寝るのが健康的なのかな、という話になる。八時間よりも短くなると寿命が縮まる。やはり睡眠不足は健康を害する、ということか。ところが、八時間を超えて、長く寝ている人も寿命が短くなる結果だった。すなわち、寝すぎるのも健康に悪い、という結果である。

因果関係というのは、一方が一方に影響する、という仮説に基づいているが、この場合は、睡眠が原因で寿命が結果だとの固定観念で見ていると、考察を誤るかもしれない。どういうことかというと、不健康な人は、寝る時間が長くなるからだ。病気であれば、寝ざるをえない。寝たきりになる人もいるだろう。不健康の原因は別にあって、そのため、睡眠が長くなっている。しかも、寿命も短くなる。寝すぎたから寿命が縮んだわけではない、ということだ。

Amazonで読者の評価が低い作品ほど売れているのも同じで、売れているから、好意的でない人まで読む結果、評価の平均値が低くなる。原因と結果が逆なのである。百歳の老人が煙草を吸っているから、喫煙が長寿につながる、と考えるのは間違い。長生きした人は丈夫だから、煙草を長く吸えただけである。

ニュースで、「この商品が大人気です」と宣伝するのも、良い商品だから人気が出た、という思い込みを利用した宣伝活動であり、つまりは、売れていないし、人気も出ていない証拠と見る方が正しいだろう。

66

安全とは、危険の確率を下げること。ゼロにすることではない。

そもそも確率がゼロになるものは、ほとんどないといって良い。原発をゼロにするといっているが、今すぐ原発を全部やめても、原発事故の確率はゼロにはならない。廃炉《はいろ》にするまで時間がかかるし、処理しなければならないものが多い。それにかかる金も膨大である。

大衆は、なにかと単純に判断を下しがちだ。老人が交通事故を起こすと、免許を取り上げろといい、ブロック塀《べい》が倒れると、ブロック塀をゼロにしろ、という話になる。いずれも、事故が起こってからではなく、そうなるまえに対策を講じておくべきだった、という点を考えるべきだ。そして、いちおうの対策はそれなりにあった。にもかかわらず、事故が起きたということが、考えるべきポイントである。

地震で建物が倒壊する被害が発生しているが、倒れないように建築基準法が施行されている。倒れたものの多くは、その法律を守っていなかった。もし守っていたら、少なくとも多くの人命が失われるような甚大な被害は出なかったはずだ。

地震の危険性は、可能性についてだいたいの予知しかできない。洪水であれば、前日には警戒が必要だと呼びかけることができる。それらは、確率の問題である。自分が置かれている状況が、どの程度に危険なのか、普段から意識をしておき、常に確率が低い方を選択して行動していれば、大半の事故や被災は防ぐことができる。

事故が実際に起こったのを見て、慌てて「ゼロにしろ」と言うような対処では、安全は実現できない、ということを理解した方が良い。むしろ、次に現れるものは、今まで顕在化《けんざいか》しなかったものだ。身近にそういった危険の可能性がないか、ときどき見回して、自分の頭で考えること。誰かが指摘してくれる、というものではない。「危険だと教えてくれなかったじゃないか」と怒ってもしかたがない。被害を受けるのは自分なのだ。

ニュースになった過去の事故しかイメージできない人が多い。原発の事故で怖くなり、ゼロにしろと反対する。交通事故は年々減っているのに、怖いから自分は車を運転しないと決める。そのわりに、自転車に乗っていたり、屋根に登って雪下ろしをしたりしている。そちらの方が怪我をする確率がずいぶん高いのではないか。

もちろん、人によって違うし、人の意識、つまり注意のし方によっても全然違う。危険の確率が高いものは、意識をして、できるだけ安全策を講じて実行する。だいたいのことは、そういった予防が効く。原発だから、高齢者の運転だからと、言葉だけで決めつけないことが重要である。「安全」も言葉だが、言葉だけで実現できるものではない。

67 「時間の作り方を教えて下さい」への答は、「時間が作れるか?」である。

あちらこちらの出版社から執筆を依頼されるときに、ほぼ皆さんが言ってくるのが、これである。森博嗣は時間の作り方を知っている、と勘違いされている。忙しい現代社会において、ゆとりのある生き方をするために、どのように時間を捻出《ねんしゅつ》するのか、ということを書いてくれ、と言ってくる。簡単に答えよう。「時間って、作れるの?」

皆さんが想像しているのは、集中力によって仕事をてきぱきと片づけ、効率アップを図り、時間を捻出することらしい。そういう方法があると想像しているようだ。そんな想像力があるなら、自分で方法が思いつけるのではないか。

「やりたいことをする時間がありません。どうしたら良いでしょうか?」という質問もある。仕事が忙しすぎて、遊ぶ時間がない、ということらしい。でも、きっと毎日酒を飲んで、毎日酔っ払って寝ているのだろう、きっと。それがやりたいことなのだろうな、と僕は観察している。

そもそも、やりたいことというのは、時間がなくてできなくなってしまうものではない。なにものにも優先して、やってしまうのが普通である。どうして、今やっていないのか、という点が不思議なのだ。

それから、やらなければならないことというのも、勝手に自分でそう思い込んでいるだけのことが多い。たとえば、飲み会に誘われたら出なければならない、と思い込んでいる人が多い。世の中には、やってはいけないことがある。法律で禁止されているからだ。それ以外には、やってはいけないことはない。やらなければいけないことは、法律でも決まっていない。労働の義務や納税の義務は記されているが、働かなくても良いし、収入がなければ納税しなくても良い。

家族サービスをしなければならない、などの周辺との約束みたいなノルマはあるかもしれない。だが、もし本当にやりたいことがあるなら、思い切って周囲に話してみれば良い。どうしてもやりたい、お願いだからやらせてほしい、と訴えれば、時間くらいはできるだろう。金を出してくれるかどうかは微妙なところだが。

時間というのは、誰にも公平にある。一日は二十四時間だ。これ以上に作り出すことはできない。人からもらうこともできない。自身のほかの時間を回すだけである。ここが金と違う。金は働けば作れるが、時間はむしろ減る。効率どうこうよりも、本当にやりたければ、すぐにやること。やれば、つまり今が、やりたいことをする時間になる。

68 集中してやるより、少しずつだらだらと進める方が良いという人がいる。

これは、僕がそうだし、知合いにも同じような人がいて、このタイプの人がわりといるのではないか、と思っている。世の中、とにかく集中し、短時間で成果を出せ、という方向へ急《せ》き立てられている。何だろう、そういう競技なのか、と不思議に感じるほどだ。

基本的なことをいえば、人間は同じことに集中するようにはできていない。できていないから、集中しろ、集中しろと煩く指示しないといけないわけだ。そういう無理なことを訓練してできるようになったら、それは偉いかもしれないけれど、もう少しやり方があるだろう、と思う。つまり、集中しないでも、トータルで目的が達成されれば良いのだから、集中度で評価するのではなく、目的の達成度を見る方が理にかなっている。

一つのことに没頭するタイプもいれば、すぐに気が移ってしまうタイプもいる。同じことをしていると頭が疲れてくるし、眠くなってくる。「気分転換」なんて言葉があるが、気分転換よりは、仕事を転換して、別の作業をしたら良い。一つのことに飽きたら、別のことを始める。そうすれば飽きないし、眠くならない。そんなマルチタスクでも、平均すれば確実に進捗《しんちょく》しているのだから、問題はないだろう。

このような考え方は、特に珍しくもないし、異端でもない。小学校の時間割を見てほしい。今日は国語の日です、とはなっていない。その方がランドセルに入れる教科書が少なくなって良さそうなものなのに、そうはなっていない。あの時間割は、一つに集中しないようにできている。

ご飯を食べるときだって、まずこれを全部食べて、次はこれを、と一皿ずつ平らげるような食べ方はしないはずだ。最後にご飯だけ食べる人って、珍しいのでは？　犬は、二つ皿があったら、一方を全部まず食べる。やはり、人間は生来飽き性なのである。

会社でも、部署を替えるような人事が行われる。同じことを長くさせず、わりと短期間で交代させるようになっている。同じ仕事をさせていると、だんだん慣れてきて、やる気がなくなるからではないか（悪いことをする奴も出てくるし）。

ただ、切り換えるタイミングは、もう少し早めの方が良いという人と、もう少し落ち着いて長く同じことをしたいという人がいるだろう。つまり、集中型と分散型の二種にきっちり分かれているのではなく、スイッチングのインターバルが長いか短いか、という違いではないか。僕の場合、相当それが短い、ということ。執筆の仕事なんて、十五分以上は絶対にしない。大好きな工作でも、まあ良いところ、三十分程度だ。

69

「方法」というもので上手くなるのは、才能がない凡人である。

どんな分野でも、上達するためには練習が必要であり、ときには先生について習い、またときには、本を読んで知識を得て、先人たちの成功例をなぞる。多くの場合、上達するための「方法」がだいたい決まっていて、みんなが高みを目指して同じ道を登る。

一方で、どの分野にも必ず天才が登場する。そういう人も、もちろん練習をして、同じ方法で上達したことになってはいるけれど、しかし、あまりにも速い。あっという間に頭角を現す。ほとんどの場合、まだ子供ではないか、という年齢であっても、既にトップクラスの能力を身につけているものである。

たとえば、絵の上手さ。絵は描き方を教わり、練習をすれば上達するが、上手い人は、最初から上手い。二、三作描いた頃には、もう完成された域にある。書道などでも同じで、字の上手い人は、子供のときから上手い。スポーツになると、さらに顕著で、十代でトップクラスにならない場合は、もう諦めた方が良いだろう、という世界のようだ。

人並みに練習を積まなくても上手くなる。だから天才と呼ばれるといえば、それまでではあるけれど、逆に見れば、人に上達方法を尋ねて回るような人では、上手になっても知れている、ということだ（カチンと来た方には、とりあえず謝っておきましょう）。

知りたいことは、自分の目で見て学ぶ。この観察力に、まず非凡な才能が発揮されるのが天才である。見ればわかる、ということだ。そして、自分がどうしたいのかを知っている。やりたいことがあれば、すぐに実行し、試してみるだろう。そこには、「方法」というような体系化されたステップは存在しない。初歩から中級、上級へと順番に学ぶようなこともない。すべてを一度に自分のものとして取り込む。つまり、やりたいことの「方法」を知るよりもさきに、やりたいことをやっているのである。

また、もう一ついえるのは、自分の出力を逐一チェックしている点である。たとえば、絵であるなら、一作出来上がったときに評価し反省するのではなく、ペンで一本線を引いたとき、筆で絵の具をつけたその場で、目指すものと、現状とのギャップを評価し、常に修正している。だから、少ない経験なのに、あっという間に上達する。

これができるためには、確かな「目」が必要である。一手進むごとに、そこから展開される未来がシミュレートできる、その想像力も非凡であることが推測される。

確実にいえるのは、天才は自分で自分を評価していることだ。人に評価されることが目的の凡人は、人に見てもらうまで出力結果の価値が見えない。だから遅いのである。

70 周囲の人たちが悲しむことが悲しくさせる、という作用はあると思う。

つまり、自分の感情だけではなく、周囲の人に合わせて悲しむ、ということ。同様に、周囲が笑っていれば、つい笑ってしまうし、怒っていると、なんとなく自分も腹が立ってくる。自分だけならば涙が出ないような場合でも、周囲が泣いていれば、つられて目頭《めがしら》が熱くなるという経験は、おそらくどなたでもお持ちだろう。

どういうことなのか。感情というのは、自分の頭の中から湧き上がってくるもののはず。それが、伝染するがごとく周囲の人間に影響されるのは、不思議な感じがしてしまう。想像だが、大昔から人間は群の中で生きてきたわけで、感情というものを共有する本能（反応の回路）ができてしまったのかもしれない。

このように、感情が環境に支配されているのだから、感情的な人間は、自然に周囲の雰囲気に流される人格となる。これは、ときには「協調性のある人」というプラスのイメージを与える一方、「自分というものがない」と見られるかもしれない。

一人暮らしの人であれば、自分の感情を毎日観察することができるので、自分が何を笑うか、どんなときに涙が出るか、をおのずと知るだろう。しかし、家族で暮らしていたり、大勢がいる場所に長時間いる人は、周囲の人間によって、自分の感情の大部分が作られていることを、多少意識した方が良い。認識していれば問題ないが、無意識に受け入れていると、一人になったときに感情がなくなっていて、笑えない、泣けない、という状況になるかもしれない。実際にそういう話を聞いたことがある。

感情というものは、このように個人的なものではない。自分の感情だと思っていても、実はそうではない。一方で、理性というのは、個人的なものだ。周囲に流されることはあっても、それは理屈に納得したからであり、自分の理性が、正しいと判断した結果である。

感情は、大勢の人たちによって、理屈抜きに一気に過熱することがあり、同様に嘆《なげ》き悲しむ場合などもパニックになることがある。なにかを主張しようという集団行動が、ときに感情的になりすぎて、争いごとに発展するのは、理性ではなく感情がそれぞれを支配しているからである。感情は、短い時間で立ち上がるので、自分でも気づかないうちに反応してしまう。この点は大いに注意が必要だろう。

つられて泣いてしまっても、溜息《ためいき》をつき、ちょっと考えれば、そこまで悲しいわけでもない、と気づく。笑ったけれど、本当に面白かったわけでもない。そういう冷めた頭を持っていることは、自分を守り、自分を維持するために重要な能力である。

71

学問や芸術を育《はぐく》むことが、豊かな社会の指標といえる。

個人でもこれがいえる。学問や芸術を嗜《たしな》む人は、ただ働いて金を稼ぐ人よりも豊かな人として評価されるだろう。人間は、働くために生きているのではない。かつては、王族や貴族は働かなかった。働くことは「卑《いや》しい」とさえいわれた時代もあったのだ。それが、資本主義が広まって、金を稼ぐ者が力を持ち、社会の高い位置へ登るようになった。誰でも頑張ればリーダになれるのだから、平等の精神として好ましい。しかし、立場を築くために、あくせく働くだけの一生になり、疲れてしまう人も出てくるはずだ。

幸い、そこまで酷《ひど》くはならなかった。機械技術が発達したおかげで、人間は力仕事から解放され、生産性は高まった。こうして、しだいに豊かな時代になりつつある。多くの人が大学まで進学し、また芸術やスポーツなどに時間を使うようになった。昔に比べれば、その割合は爆発的といって良いほど増しているはずである。

それでも、まだ「役に立たないもの」を排除しようとする「生産性」や「効率化」に頭が染まったままの人たちが一部に残っている。日本の場合、戦後の高度成長期は、

「生産性」と「効率化」が一大テーマだった。でも、今はそうではない。働きすぎないように法律まで作っているのだ。

ところが、国の財政は困窮している。研究費などに金はかけられない。子供が減っているのに、大学が多すぎる。文学部がお取り潰しになったり、「数学が何の役に立つのか」などと揶揄《やゆ》されたりする昨今である。このあたりが、まだまだ「貧しい」といえる。

一流の街なら、美術館があり博物館があり、また大学がある。それらは、金を稼ぐために存在するのではない。むしろ税金を使い、無駄なことをしている。その無駄こそが、その街の財産ではないか。そういった無駄こそが、街の誇りではないか。「私の街には、こんな無駄があります」と自慢ができる。それが、健全な社会だ、と僕は考える。

ただ、金の問題は、背に腹は代えられない。医療や安全のために金を回すことには、誰も反対できないだろう。今の日本はそうなっている。こうなるまえに、もっと早く将来像を精確に描き、備えておくべきだった。

もう遅い。だから、今はしかたがないかもしれない。一旦は、文化的な方面は萎縮《いしゅく》するだろう。やりくりができる余裕があった、という点では皮肉にも役に立ったかもしれない。しかし、人は必ずこの「文化」を復興するだろう。神がいなくなった現代において、それは神殿のような社会の、人々のシンボルであるからだ。

72 僕は、履歴書というものを書いた経験がない。

書いた覚えがないのだ。つまり、就職活動をしたことがない、ともいえる。バイトでも、書いたことはない。もちろん、作家になるときも、そんなものはいらなかった。

履歴書がどんなものかは、よく知っている。というか、履歴書を見て、選考をする立場にはしばしばなった。ときには、その履歴を眺めながら、本人を面接するようなことも、何回かあった。研究室で秘書を一般から募集したり、あるいは、学会の委員会が、なにかのイベントでバイトを募集したりしたとき、などがそうである。

昔は、大学の入学でも、履歴書に近いものがあって、それを見ながら、面接試験などが行われたが、そのうちに個人情報に厳しくなり、また家庭環境などを選考資料にしてはいけない、ということになった。だから、今では「家は何をしているの？」なんて質問をしてはいけない。建築学科だったから、「今住んでいる家について、なにか不満がありますか？」という専門的な質問もできなくなったのである。

面接の以前に、書類選考なるものがある。履歴書には、かつては顔写真が貼られていた。あれは、今は禁止だろうか？　とにかく、時代によって、どんどんやってはいけないことが増えている感じがする。そこまでしないと偏見が断ち切れない、ということだろう。

　履歴というのは、現在までの経緯のことだ。人間だと経歴というし、機械や材料にも履歴がある。過去にどのような状況だったかがわからないと、将来どうなるかという予想がしにくい。人を雇うときには、もちろん将来のことが知りたいのだが、面接で本人の意気込みをいくら聞いても、わかるのは演技力だけであり、やはり、履歴がある程度は参考データとならざるをえないだろう。そうでなければ、試験だけで判断する以外にない。

　学歴以外には、ほとんど参考にならない。趣味とかクラブ活動とかは、何の意味があるのだろう。また、ボランティア活動、あるいは資格といったものも、データとして裏付けが取れない。どの程度のものなのかもわからない。枯木も山の賑《にぎ》わいの様相で、沢山書いてくる人もいるが、へえ、頑張っているんだね、くらいにしか思えない。どうして、こんな有能な人が職にあぶれているのだろう、とむしろ不審に思えてしまわないだろうか。

　海外では、推薦書というものが、わりと効き目がある。特に、前職の上司による推薦は、信頼性がある。僕はこのまえ、病院を移るときに、主治医に紹介状を書いてもらったが、カルテをＣＤで受け取り、それを持って、新しい病院へ行った。カルテには、人見知りする、天邪鬼、理屈っぽい、落ち着きがない、などとは書かれていないはずだが。

73

困ったときにどうするか、ではなく、困るまえにどうにかしないと駄目。

神頼みでは解決しない。神様だって、困ってからでは有効な手が打てないだろう。つまり、「困ったなあ」と気づくのが遅すぎる。困りそうになったら、すぐに手を打つ。困った事態に陥らないためには、困らないことが一番大事なのである。

理由は幾つかある。一番は、困る事態になったときには、選択肢が少なくなっているからだ。選択肢が少ないことが「困った」事態だともいえる。困るまえならば、いろいろ打つ手があった。しかも、そういった手は、比較的簡単で、経済的で、エネルギィを労せずに打てる手である。だが、その時点では、なにも手を打たない方がさらに簡単で、経済的でエネルギィもいらないから、つい「大丈夫だろう」と決めてかかる傾向にある。そこまで悪くはならないかもしれない、もう少し様子を見よう、そうなってからでも遅くないはずだ、という具合に対策を講じることを怠《おこた》るため、あとで困ることになる。

ほかにも理由がある。困った状況になると、慌ててしまって、ゆっくりと考えていられない頭になっている。いわゆる「切羽《せっぱ》詰まった」状態だから、判断ミスも起こりやすい。それで、ますます窮地に追い込まれる。

追い討《う》ちをかけて、困るときには、困る対象が重なるものだ。一気に多くの困ったことたちが押し寄せる。本当に、いい加減にしてくれ、と呟きたくなるほど、困ったことだ。どうして、こんなときに、と恨めしく思うほどだが、よく考えてみると、対策を講じるのを先送りにし、困った事態が頻発するように心配を貯金していたのは、まさに自分なのである。だから、偶然重なったように見えても、実は、自分でタイミングを見計らって、同時に困ろうとした、というふうに傍からは見える。自業自得だ、という視線を集めることになるだろう。それくらい、以前からわかっていたことなのである。

困ったな、という抽象的な感覚は、誰でも備えているものだ。ちょっと嫌な感じだな、とセンサが反応する。そのときに、不安の元をよく観察し、問題を具体的に把握しておくことが大事だ。嫌なものには近づきたくない、という回避行動が、問題を大きくする。つまり、最初は抽象的なのに、だんだん具体的になって、大いに困るという道筋である。

人生相談で、識者に解決法を尋ねることがあるが、ほとんどの問題は、「そうなるまえにどうして相談しなかったのか」と言いたくなるものである。何故、困ることを、そこまで育てて大きくしてしまったのか、という点が一番困った問題であり、おそらく一つが解決しても、また新たな「困る」を育ててしまうだろう。これは「困りたい」に近い。

74

考えたことの一パーセントを文章にしていたが、もう充分だと感じている。

考える速度に比べて、言葉にすること、文章を書くことは圧倒的に遅い。したがって、考えながら書くという行為は、考えたことの大部分を捨てる体験だともいえる。もちろん、捨てないで覚えておければ、のちのち使えるかもしれない。その割合は、三パーセントくらいだろうか。それでも、九十六パーセントは捨てることになる。

もっとも、捨てた考えの三分の一ほどは、非現実的であり、他者に伝えても意味をなさない。別の三分の一ほどは、常識的すぎて、面白くない。忘れてしまった方が良いだろう。それ以外にも、内緒にしておいた方が良いとか、今はまだ使えないとか、断片的すぎるとか、本当かどうかわからないとか、調べてみないと駄目だが面倒だ、などというものもある。本当に良い考えというのは、ちょっとやそっとで思いつくものではない。

他者に知らせた方が良い、つまり、誰かの役に立ちそうだ、ということを主に書くわけだが、どうしても過去に書いたものと被《かぶ》る。大事なものほど何度も書く必要があるし、著作を全部読んでいるようなファンは非常に少なく、大部分の読者は知らないのだから、書いた方が良いという判断もある。ビジネスであって、研究発表ではないので、このあたりはしかたがないだろう。講義だって、大事なことは幾度もくどくどと話すものだ。

　このところ特に、エッセィや新書の依頼が多いので、自分でも、もういい加減にしたら良いのではないか、と思い始めている。それは、書くことがもうない、というのではなくて、書くことにもう飽きてきた、という感じだ。

　書くことがない、という状況ではないことは、毎日ブログを書いているので、ご理解いただけたと思う。書けば書くほど、書くことは増える。書けなくなるのは、書くことが辛《つら》くなってくるからではなくて、なんでもない時間を過ごしているような虚無感というのか、適当な表現が思いつかないが、やはり「飽きる」が一番近いように思える。

　最初の頃は、小説の方が飽きるだろう、と予想していた。でもそれは、自分が書けると思っていた小説の範囲が狭かっただけだ。いろいろ書いているうちに、少しは広がってきた。まだ書いていない方向性があるかな、という気は多少なりともしている（だからといって、書くと約束はできないが）。

　それに比べると、ノンフィクションは、どうしても範囲が限定される。つまり、僕の人生に帰着する事項であり、僕はまだ一回しか生きたことがない（しかも完結していない）。たとえ思いついても、一パーセントも活かすことができない道理なのである。

75 「今一番したいことは何ですか?」という馬鹿な質問が成立する理由。

「今、何がしたいですか?」「沢山あります」「一番したいことは何ですか?」

インタビューなどで、こんなやり取りに何度なったことだろう。過去の体験に対しても、「今までで一番悲しかったことは何ですか?」などときかれる。「一番」という言葉が、どうも僕には鬼門である。否、奇問かな。理由は簡単だ。順番に並べて、一番、二番と評価したりしない。その評価をするためには、採点基準が必要だ。皆さんは、そういうものをお持ちなのだろうか?

普通、人間というのは、一番したいことを今しているものである。だから、「あなたの質問を聞き流すことが、今一番したい」と答えるのが、正直なところであるが、残念ながら、そこまで人間ができていないので、「さあ、何でしょう。恥ずかしくて言えません」くらいに答えておくと、茶柱が立たない。もとい、角が立たないだろう。

世の中の人の多くは、自分が今一番したいことを「していない」あるいは「できない」という観念に取り憑かれているはずだ。たとえば、目の前にあるのは仕事であり、面倒だし疲れるし、やりたくない。でも、やらないと叱られるから、しかたなくやっている。一番やりたいことでは全然ない、という解釈というか、仮説をお持ちだろう。

それはいかがなものか、と僕は考える。嫌だったら、やらなければ良いではないか。一番やりたいことをすぐ実行すれば良い。そうはいかない、のは何故なのか？

それは、今の仕事を大切だと考えているからだ。仕事をして、家族を養わなければならない。可愛い子供のためにも、今の生活を守らなければならない。ここで辛抱すれば、きっと将来もっと良い立場になれるはずだ。などと考えているわけである。つまり、その生活を守ること、良い立場に将来なること、それがあなたが一番やりたいことであり、そのために仕事をしている。ほら、一番やりたいことをしているじゃないですか。

質問されている僕も、一人籠《こ》もって工作がしたいところだけれど、それは明日でもできる。だから二番めにしたいことだ。それよりも、工作にも生活にも金がかかるわけで、本が売れて印税が多めに入ったら嬉しい。そのために、確率はかなり低いとはいえ、インタビューを受けて、雑誌に掲載されれば、多少は効果が期待できる。馬鹿な質問にも、ちょっと辛抱して適当に答えておけばよろしい。そう考えているので、まんざら嫌な思いをしているわけでもなく、そこそこしたいことをしている状況だといえる。

このように考えると、みんなが幸せまっしぐらに生きているのだな、と思えてくる。

76

髪が減ったので、帽子が被れるようになって、帽子を沢山買っている。

かつては異様に髪が多くて帽子が被れない人だった。歳を取って、髪が減ってきたので、念願の帽子を被るライフになった、と以前に書いたと思う。

以前よりもぐんと屋外で活動する生活になった。主なものは、庭仕事、庭園鉄道の管理および運行、模型の飛行機やヘリコプタの操縦、そして犬の散歩である。これらをトータルすると、毎日四、五時間は外に出ていると思う。日焼けするし、健康的である。

帽子は好きだ。ネットで選んで、自分で好きなものを買っている。昨年一年間で五つくらい買っただろうか。カラフルなものが多いし、ワッペンが貼ってある派手なものが多い。全部野球帽の形で、それ以外の帽子は一つもない。特に拘っているつもりはなく、ほかの帽子を被ったことがないので、新たな冒険を恐れているとしか思えない。

たまに、庇《ひさし》が邪魔になることがある。たとえば、大工仕事をしていて、低いところを覗《のぞ》くとか、狭い場所に入ったりする場合だ。こういうときは、帽子を前後逆に被る。だったら、帽子を取れば良い、といわれそうだが、帽子は安全のためでもある。頭をぶつける直前に庇が当たるから、そのときの反応で、怪我を免れることが多い。

ラジコン飛行機を飛ばすときは、帽子が必需品だ。深く被って、空を見上げる。飛行機は太陽の方へ行くと、眩しくて見られなくなるが、飛行機から目を離すことは許されない。一秒でも目を離さないのが鉄則。そうしないと、飛行機の姿勢がわからなくなるからだ。できるだけ太陽に近づけないようにコースを選ぶ。また、サングラスをかけることもある。でも、帽子の方がずっと役に立つ。

最近、角砂糖より少し大きいくらいの空撮用カメラを買った。動画を一時間くらい記録できる優《すぐ》れものだ。飛行機に両面テープで貼っておくと、あとで再生して楽しめる。また、帽子の庇の先に貼っておくと、地上から飛行機を追っている視線の映像が撮れる。離陸から着陸まで、ずっと飛行機を画面の中央に捉えた映像だ。人間の首は、カメラスタンドとして非常に安定している。しっかりと追尾していることがわかった。

僕は、髪を分けたことがない。子供のときからずっと、ほとんど同じ髪型である。そういうものに興味がなかった、といっても良い。大学生のときは、自分でハサミで切っていたし、今は、奥様に二カ月か三カ月に一度カットしてもらっている。このカットのインターバルができるだけ長い髪型に自然に到達した、ということである。たまに鏡を見ると、半分以上が白髪になったとわかる。白髪も伸びるのだ。

77

靴はスニーカしか持っていない。靴と帽子は、自分で買う例外的な衣料品。

次は靴の話。自分で服は買わないが、帽子、靴、鞄《かばん》は、好みのものがあるみたいで、自分で買っている。シャツやズボンに興味がないのは、何故なのかわからない。

靴は、たぶん、大人になってからずっとスニーカである。出勤もスニーカだった。例外として、ネクタイとスーツのときだけ、革靴を履《は》いた。でも、四十代になったら、その革靴も、スニーカっぽいものを選ぶようになった。靴は、歩きやすさがすべてなので、見た目で選んでいるわけではないが、しかし、好みの範囲はわりと狭い。

奥様が、靴屋へ僕を連れていきたがる。そろそろ新しい靴を買ってくれ、という要求だ。服のように勝手に買ってこられないから、本人を連れていくのである。たいてい、一軒の靴屋で、僕が買っても良いなと思える靴は一足か二足しかない。だから、選ぶほどない。ざっと見て回れば、それが見つかるから、三分もかからないだろう。

かつては、店で実際に履いてみて、歩きやすそうかを判断していたが、だんだん靴が良くなってきたためなのか、サイズさえ合えば大丈夫だということが多くなった。これは、僕が一年中、冬用の分厚い靴下を履いているからである。靴下が一定だから、靴も一定で大丈夫という理屈になる。試さなくてもサイズで選べば良くなり、今はネットで買うことがほとんどだ。ちなみに、重さは少し気にしている。

寒い土地に住むようになって、冬の凍結した道を歩く靴が必要になった。簡単なのは、普通のスニーカにゴムでスパイクを取り付ける方法。しかし、雪が深い場合は防水機能が欲しくなり、スノーシューズを幾つか買った。雪掻き作業などのときに履いている。毎朝、犬の散歩にいくときも活用している。僕は、レインシューズは持っていない。雨が降っているときに外に出るような機会がないからだ。この点では自動車のタイヤと同じである。レーシングカーは雨だとタイヤを履き替えるが、僕の車は、夏用と冬用だけだ。

僕が履いているスニーカには、ほぼ例外なく靴紐《くつひも》がある。靴紐がある靴が好きなのだが、それはデザインとして好きなだけで、紐を締めたりするようなことはない。最初に結んだら、ずっとそのままだ。緩まないように瞬間接着剤を染み込ませようか、と思うほどである。そもそも、紐を解く必要がなく、飾りで良い。ゴム紐でも良いと思う。

靴が汚れてきたら、庭仕事用に回す。庭仕事へ出る戸口は別なので、そちらに置いてある。スコップで土木作業をするときも、スニーカだ。幸い、当地は水はけが良いので、水溜りもできないし、地面が泥濘《ぬかる》むことがなく、同じ靴で活動できるのである。

78

落葉を集めて燃やす作業で、いろいろ学んだことがある。

　ここ数年、秋の一大イベントは落葉掃除だ。庭園内の落葉を集め、これをドラム缶で焼却する。できた灰は、植物の肥料として使っている。そんな苦労をしないで、放っておけば腐葉土になるだろう、と日本人は思うかもしれないが、当地は寒すぎて、腐らないのだ。腐葉土になるのに五年以上かかるというし、五年も落葉を貯めたら、ふかふかで歩けないし、何が潜んでいるかわからないので怖い。燃やすのも、腐るのも二酸化炭素を排出する。ほぼ同じことだ。灰を肥料にした方が早いし、実用的である。

　落葉を除いて綺麗にすると、地面に草や苔《こけ》が生えてくる。特に、この苔を大事にしている。とても綺麗だからだ。毎年せっせと掃除をした甲斐があり、今は庭園の地面はほぼ芝生か苔で覆《おお》われた。春から緑が鮮やかで、特に朝日を浴びると輝いて見える。綺麗なものだな、と自分で感心している。見ているのは、僕と奥様の二人だけであるが。

　落葉掃除をする範囲は、庭園の全域ではなく一部である。およそ二千坪くらいの範囲だ。大木が二百本くらいあり、ほとんどが広葉樹で、大量の葉を一斉に落とす。その量は、四トントラックに載せたら、何十台分にもなる。もちろん、運搬なんてできない。集めては燃やし、燃やしたらまた集める、という作業を毎日繰り返して、約五十日間かかる。燃やす時間は、毎日十数分であって、大したことはない（なにしろ、ドラム缶が七つもある）。問題は、集めて燃やす場所まで運ぶ作業が少々大変なこと。よく自分がこれを続けられる、と感心している。こんなことをする人間だったのか、という驚きもある。今のところ飽きない。それなりに面白さがあるからだ。

たしか、昨年は重くて大きいエンジンブロアを買った話を書いたかも。そう、庭仕事に必要な道具をいろいろ買い揃えるのも楽しみの一つだ。ただ、落葉掃除は、ブロア以外には、落葉を入れて運ぶ袋か、燃やすためのドラム缶くらいしか道具を使わない。そこが少し残念なところだ。自走する落葉吸引機なんてのがあったら嬉しいのだが。

実は、落葉は秋だけのものではない。春にも落ちる。また、葉ではなく、枝も落ちる。枯枝は、一年中落ちてくる。雨が降ったり風が吹くと大量に落ちて、拾い集めるのが大変だ。集めて背負ったら二宮金次郎《にのみやきんじろう》になるのだが、もうこの話は通じないか。

冬の風で倒れないために樹は葉を落とす。また、自分の周囲の地面を覆って、ほかの樹の芽が出ないように防御している。樹は、ちゃんと光が当たる隙《すき》に枝を伸ばす。したたかな自然から学ぶことは、人生の指針になるものが多い。

79

一匹狼はいても、一匹羊はいない。

羊が一匹でいないのは、一匹では不安だからだろう。集団行動していた方が、誰かが危険に気づいてくれるし、また危険が現実のものとなった場合に、誰かが犠牲になって自分が助かる確率が高くなる。

一方、狼が一匹なのは、大勢いたら、相手に気づかれやすいこと、また獲物を分けないで独り占めできること、などの理由が考えられる。

この差がどこにあるのか、と突き詰めれば、取る側と、取られる側だといえる。人間社会で当てはめると、金を稼ぐ側と、その金を出す側になるだろう。

もちろん、人間はそれぞれがいろいろな仕事に従事しているから、ある分野では金を稼ぎ、ほかの分野では金を支払っている。そして、そのときどきで一匹狼になったり、羊の群の一員になったりしている。単純化すれば、仕事は一人で、消費は大勢で、という図式だ。大勢で仕事をするような人は、さらに大勢の消費者を相手にしているはずだ。

金だけではない。情報も同じ。教室にいる先生と生徒が、この関係にある。先生は一人だが、生徒は大勢いる。会社の中でも、指図をする少数の幹部に、指示を受ける大勢の社員がいる。祭りで餅《もち》や菓子を投げる人は少ないが、群《むら》がってそれを受け取ろうとする人たちは大勢いる。この少数対多数の関係が逆転するような事例はまずない。

さて、この大原則を前提に考えると、アウトプットする立場は、少数のものから選び、インプットするときには、多数のものから選ぶ。そうすることで、なにかと有利になることが理解できるだろう。仕事をするなら、人があまりやらない分野を選ぶ。そういう商売に就いた方が得だし、人気のある就職先は避けた方が賢明だ。また、インプットするときは、できるだけ多くのものから選べるような環境を選ぶ、ということになるだろう。

この後者については、難しくない。人間はもともと羊型の動物だから、消費者として群を自然に成す。大勢が買い求めるものは安心できるし、無意識に買いたくなる。流行に乗りたい、という願望もある。みんなと同じようにしていたいのだ。だから、特に気を遣わずとも、自然にそういったスタンスになる。

だが、前者は本能に逆らった方向性だ。子供のときから、いつも集団の中で育ち、仲良くしろ、和を乱すな、と教えられている。本能に加え育つ環境も羊型であるが、社会に出て、就職する段階になって、逆の立場となる。仕事は、人に与える行為だ。このとき、狼になれるかどうかという点が、その人物の社会的展望を広げる要因となるはずである。

80 活発な老人が増えたが、これは医療技術の向上がもたらしたものか。

元気な老人が増えた。老人が増えているから、必然かもしれない。医療技術も進歩しているし、環境的にも改善されている。また、若いときに過酷な労働をしなくても良い時代だった。いろいろなことが、活力を維持したままの高齢者の増加につながったはずだ。

今の老人たちは、六十歳で仕事からリタイヤできる、という意識で働いてきたから、その年齢を超えたら、授業が終わった小学生のように元気いっぱいで飛び出していく。さあ、思いっ切り遊ぼう、というわけである。七十代でもぴんぴんしている人が多い。

僕が子供の頃は、七十歳といったら、もう外を歩けないくらい衰えているのが普通だったのだ。運動をする人など、まず見かけなかった。矍鑠《かくしゃく》としていても、腰が悪い、膝が痛い、と躰はどこかが不自由だった。家から出ない、寝たきりの老人がいても、外に出てこないから、その家に遊びにいかないかぎり、老人の存在すらわからなかった。そういったことを思えば、本当にみんなが平均的に若々しくなっている。

医療技術の向上だけではないはずだ。たとえば、腰が曲がった人が少なくなったのは、そういう作業をしてこなかったからだろう。昔に比べて、力仕事や重労働は激減している。かつては米俵を肩に担《かつ》いで運んだ。あれは六十キロである。その重さが、成人男性が運べるものだった。今、その重さを担ぐことができる人は、相当鍛《きた》え上げた人にちがいない。昔より躰が大きくなっているのに、力は弱っているということになる。でも、無理をしない生活を送ってきたから、老《ふ》けないともいえるだろう。犬も倍くらい長生きになっているが、昔はみんな外につながれていた。冷暖房が効いた場所で育つ犬なんていなかったのだ。

それに加えて、「年寄りの冷や水だ」と言われない社会になったことも大きい。つまり、弱者を差別しなくなり、堂々となんでもできるようになった。数が増えたこともあって、みんながやっているから恥ずかしくない、という意識も働くはず。

本人たちの意識も変革している。かつては、「孫の顔が見られる」という言葉があったように、それが長生きの象徴だった。逆に見れば、孫ができたら、そろそろ自分にはお迎えがくる、と考えた。そう考えている人は、やはり活発にならないし、寿命も縮むのではないだろうか。

僕は、祖父母四人のうち三人は知らない。僕が生まれるまえに亡くなっている。祖父一人は、僕が結婚した頃に他界した。曾孫《ひまご》の顔を見られるのは、よほどの幸運だったのだ。ただし、昔に比べて、孫の数はうんと減っている。長生きしても、顔の数が少ない。

81

写真も文章も、僕は自分に関する資料をなにも保存していない。

最近は、写真や動画をほとんど撮らなくなった。ブログで使うもの、YouTubeにアップするものしか撮らないし、ネットにアップしたら、カメラからはすぐに消している。記念に取っておくようなことがない。解像度もネットにアップするぎりぎりのサイズにしている。結局、もういらないだろう、と見切りをつけたのだ。

自分に関する資料も、残そうとは思っていないし、整理もしていない。若いときには、きちんとファイルにしていたが、それらも順次焼却している。今さら利用価値がないからだ。思い出の写真なども、僕はいらない。残したいとも全然思わない。

死んだら、綺麗さっぱり、さようなら、でよろしい。そう考えている。葬式のときの遺影に困るかもしれないが、葬式なんかしなければ良い。あんなことをするなんて、馬鹿じゃないか、と正直思っているクチである。もちろん、したい人はすれば良い。それは止めない。ただ、できれば生きているうちに、会ったり、話をしておいた方が良いと思う。

とにかく、最近の人たちは沢山写真を撮るようになった。一日に何枚も撮るだろう。

旅行などではもっと撮る。でも、その多くは同じものが写っている。それは自分だ。自分が生きてきた証拠を残したい、ということかもしれないが、自分は固定できない。どんどん老けて、朽ちていくだろう。写真を残しても、誰が見るというのか。誰かは見てくれるかもしれないけれど、その人たちも、いずれ老いて、朽ちていく。

紙にプリントした写真よりは、デジタルの方が少し長く残るかもしれない。だが、それを再生できるかどうかは微妙である。僕が若い頃に撮ったビデオなどは、もうメディアに対応した機器がない。もちろん、どこかに頼めばなんとかなるのかもしれないが、僕自身が見たいと思わない。いや、見れば五分くらいは楽しめるかもしれない。それだけだ。数十年くらいでそうなるのだ。

短期的には、データは活用できる。でも、数年のことだ。なにもかもが古くなるから、写真はすべて「昔のもの」になる。生きたデータとして使えなくなる。

僕は、自分が書いた文章も保存するつもりがない。本にして印刷したし、電子書籍にもなっているのだから、僕が持っている必要はない。犬たちが仔犬だったときの映像は、今見ても楽しいものだが、自分の子供の映像は、頭の中で再生できるし、そちらの方が本物だと思っている。外部記憶に頼る必要はないということだ。

忘れることの価値、消えることの価値を、少し見直しても良いのでは。

82 人間が死ぬより、犬が死んだときの方が悲しいのは、犬が黙っているから？

六十年以上生きてくると、周囲で知合いが何人も亡くなる、という経験をする。誰でも同じだろう。年寄りが死ねば、「ああ、ついに」と思うし、若者が死ぬと、「ちょっと早いよね」と感じる。でも、泣くほど悲しくなることはない。溜息が漏れる程度で、その人に思いを馳《は》せるようなこともない。少なくとも、僕はそうだった。

自分の両親が死んでも、悲しくはなかった。いずれ死ぬことはわかっていたし、想像したとおりだった。生きているうちに話をしておいたし、死んだあと、どうすれば良いかも聞いておいた。驚くようなことでもないし、慌てることもなかった。いつ死んでもおかしくない、という状況で死ぬのは、周囲には非常に助かる。ある意味で、良い死に方だと思う。もちろん、本人にはどうすることもできないだろうから、これは運だ。

どうすることもできない、と一旦は書いたが、たとえば、無駄な延命措置をしない、というくらいの抵抗は示せる。そういうことを周囲に伝え、確認しておくと、少し運の良い死に方ができるかもしれない。

ところで、犬が死ぬと、人が死んだときよりも悲しい。幾度か、そういう場面に遭遇したが、ちょっと尋常ではない悲痛なものだ。おそらく、犬は、赤子か幼い子供のような存在だからだろう。幸い、幼子《おさなご》を亡くした経験はない。大人になってから死ぬのに比べ、周囲に与えるインパクトも大きいし、まして我が子であればなおさらである。

犬が死んだことを、「自分の子供が死ぬよりも悲しい」と吉本《よしもと》ばなな氏に話して、「それは言いすぎだ」と反論されたことがあったが、僕の子供は三十代だし、彼女のお子さんはまだ未成年だから、認識の差があったものと思う（それ以外に、父親と母親でも、大きな差があるだろう、と想像できる）。

では何故、犬や幼子の死は悲しいのか。それはやはり、言いたいことがあったかもしれない、そういう思いが充分に受け止められない段階だったからだ。つまり、その生命とのコミュニケーションが足りず、一方的に想像するしかない時点の別れであったためと思われる。大人になれば、時間も充分にあり、何がしたいか、どんな生き方を目指すのか、といった話が聞けたし、また人間なら、本人がそれらを、ある程度は実現できていただろう、と考えられる。本人にとっては不充分であっても、こちらとの関係において、ある程度完結できる、という意味である。もし、犬が人間の言葉を理解し、会話ができるなら、老犬が死んだときには、諦めがつくと思う。しゃべれないから、いつまでも赤子なのだ。

83

僕が生きている間に、核爆弾が大量殺人をすると考えていたけれど……。

いくつくらいまで、そう考えていたか、と振り返ると、たぶん三十歳くらいまでだろうか。近い将来、核爆弾が、世界のどこかで大勢の人たちを殺すだろう、広島や長崎の惨劇の再来があるはずだ、と予測していた。

日本がその被害を受けることは、多少は考えにくかったが、しかし、どこかでそれが使われると、連鎖的に複数のミサイルが無差別に発射される事態になるかもしれない。そんなパニックで、世界存亡に関わる危険な状態になるのではないか。

アメリカ人は、もっと切実に考えていたはずだ。自分たちが核兵器を沢山持っている以上、他国からミサイルが飛んでくる可能性が高い。邀撃《ようげき》は難しいし、失敗がある。警報が鳴った場合に逃げ込める場所くらいは想定していただろう。核シェルタが、ごく普通の家庭に備わっていることは珍しくない。金持ちや要人宅であれば、常識の設備だ。

僕は、小説家になって数年後に、家付きの土地を購入したが、以前そこにはニューヨーク帰りのお金持ちが住んでいた。そして、地下に核シェルタがあった。壁やドアは厚さが二十センチ以上あるコンクリート。手動の空気清浄機が備わっていた。なるほど、本気でこういう心配をするのだな、と納得をしたものである。

核ミサイルの恐怖に比べたら、原発の事故は確率がずいぶん低い。それに、短時間で破壊的な事態にはならない。事故が起こっても逃げる時間があるだろう。爆弾の場合には、それがない。また、原発は場所がわかっている。突然近くに移動してくるわけではない。爆弾は、超高速で飛来するのだ。したがって、あらかじめ防御策を講じる以外にない。

こういう話をすると、「そうなったら死ぬしかない」と諦めている人が多いようだ。もしかして、原発事故に対しても、あるいは大地震や火山爆発、津波に対しても、そう考えていたのだろうか？　たしかに確率は低い。でも、宝くじに当たるよりは、高い確率で訪れるだろう。少しくらい想定しておいた方が身のためである。

世界中で紛争が絶えない。いつもどこかで爆発があり、人が死んでいる。それでも、二回あった大戦のような、何カ国もが参加する大きな戦争は起こっていない。あっという間に兵器が発展したことも大きい。作戦もなにもなく、スイッチを押すだけで、確実な攻撃ができるから、そんな危機になる以前に両陣営が収拾しようとする。その意味では、抑止になっているのは事実だろう。どちらにしても、平和というのは、こういった大きな危険の奇跡的なバランスの上に成り立っているのである。

84

原発は絶対安全ではないが、みんなが使う家や橋やトンネルよりは安全だ。

高速道路で、トンネルに入るごとに、今崩れたら死ぬな、と考える。橋を渡るときにも、考える。笑う人がいるかもしれないが、安心して通れるのはどうしてか、と逆にききたい。放射線が怖いから原発をゼロにしようと運動している人たちでも、トンネルや橋を自動車や鉄道が通っている現状については、反対していないようだ。確率的に、ずっと高いと思う。活断層の上に橋もトンネルもある。一般人が常にそこを利用しているから、いつ崩れ落ちても、必ず多数の死者が出るはずである。

それ以前に、航空機や鉄道が事故を起こす確率が高い。飛行機はまだ、万が一の危険を誰もが意識しているだろう。滅多に起こるものではないし、自分が乗っているこの一機が落ちなければ良い、と願っているのだろうか。時速三百キロで走る新幹線も、事故があったら多数の死者が出るはずである。なにしろ、乗客は安全ベルトもしていない。地震が発生した場合、緊急停止する設定になってはいるが、震源が近い場合は間に合わない。

津波は、発生までに時間がある。原発も、たとえ事故を起こしても、逃げられるだろう。それに比べて、乗り物の乗客は避難する間がない。乗り物自体が、絶対的な安全を実現できないシステムなのだ。これを避けるためには、人間が移動しない社会にするしかない。

自動車事故の確率は、さらに高い。それは、自動車に乗っているときだけではない。自動車が走る道路のそばにいることが、既に相当危険だ。大型店の駐車場は、さらに危ない。そういう意識で自動車を見ている人は少ないように思う。

道路のカーブの外側に建っている家は危険である。よくここに住む気になったな、とたびたび思う。飛行場の近辺は土地が安い。音も煩いが、家に飛行機が突っ込む危険がある。飛行機にも自動車と同じく道がある。乗っていなくても危険なのである。

僕は、人混みには近づかないように努めている。東京駅などを歩いていると、今地震があったら、人々はパニックになって、階段やエスカレータでは将棋倒しになるだろう、という想像ができる。地下では大雨のときなどの水が怖い。

もちろん、一番怖くて確率が高いのは、人間である。刃物や銃や爆弾を持った人間は、いつどこに出没するかわからない。そういった可能性を常に頭の片隅に置いて生きるしかない。やはり、人が多い場所へは近づかないことが、一番の防御になるだろう。

そういう心配は、するだけ無駄だ、楽しく生きている方が良い、と考える人もいるはず。僕は、死が怖いのではない。ただ、明日も明後日《あさって》もやりたいことがあるだけだ。

85 AIが人間と勝負をしなくなったことが、いよいよAIの時代だという証拠。

数年まえまでは、チェスや将棋で、コンピュータが人間と対決していた。最近、その種のニュースを聞かなくなった。もう人間が勝てなくなったから、話題として面白くないということだろう。同様に、機械がスポーツをしたり、芸術的な作業をしているようなデモンストレーションも、あまり見られなくなっている。つまり、人間の真似ができますよ、というPRキャンペーンはもう終わった、と見ることができる。

これまでのＡＩ利用は、いろいろな分野のスペシャリストを開発する方向性だったが、いずれの分野でも、ほぼ目的に到達している。あとは、各分野でＡＩ自身が切磋琢磨《せっさたくま》して、自身を高めるような方向に移行するはずだ。

さらに、これからは、それらスペシャリストを統括するジェネラリストのＡＩが登場することになる。今それを担《にな》っているのは人間だ。人間がＡＩを従え、ＡＩを使って活動している。だが、これからは、ＡＩを従えるのも、使うのもＡＩになる。

掃除や洗濯をする機械、犬を散歩させる機械、料理を作る機械、人間の介護をする機械というものは、既に実現している。だが、それらを統括する、執事長のような機械がまだいない。すべて人間が指図しないといけないし、問題があった場合に、それぞれが直接人間に報告する。これからは、ワンクッション置かれ、ＡＩがそれらを管理し、適度なフィルタを通して、人間に報告したり、人間の意向を尋ねて仕事をさせるようになる。さらには、新たな機械の導入も、ＡＩがするようになる。

会社でいうと、社員を雇うか、機械を導入するかも、ＡＩが決定するようになる。人間が判断していると、間違いが多い。私欲が混ざり、不正も起こりやすい。すべてをＡＩに任せた方が、会社を利益へ導くはずである。

おそらく、国の政治にもＡＩが関わるようになるだろう。そこまでいくと、顔を顰《しか》める人が多いはずだ。生理的に受け入れられないかもしれない。しかし、この方向性を否定する理由は存在しない。たとえば、ＡＩが人間社会を乗っ取るのではないか、という不安を持つ人がいるだろうが、もしそうなるとしたら、陰に人間がいるはずである。人間だけが悪巧みをするし、人間だけが人間を支配しようとするのである。

悪行を重ねてきた人間は、他者を信じないという免疫を育んできたが、この免疫が、機械やコンピュータに対して働いているから、このようなＡＩ不信に至るということ。人間をこのカルマから救うのも、神ならぬＡＩだろう。

86 「明日受け取ります」という返答に、その人の責任感が滲み出る。

大事なものを送ったとき、先方の担当者からメールが来る。「拝受しました」とあれば、こちらも仕事を達成したことで一安心できる。しかし、たまたま担当者が出かけている場合も多い。そんなとき、「外出中でまだ受け取れません」とメールするのが正直だが、会社の同僚が知らせてきたり、会社に問い合わせ、届いていることは確認できた、などの場合があって、つい「拝受」とリプライしてしまう。

ところが、翌日になって、確認をしてみたら、別のものと間違えていたとか、内容物が違っていたなどの事態になる。「拝受」と連絡したのに、実は確認していなかった、という恥ずかしい言い訳をしなければならない。事実、そういうことが何度かあった。これは、本人の信頼度にも傷がつく事態といえるだろう。

いつも正直であること、確認は自分の目で行うこと、などを心がけていれば、このようなトラブルは降りかからない。つい調子に乗って見切り発車の判断をしてしまうのは、軽率な神経の持ち主だという印象を相手に与える結果にしかならない。

逆から見ると、なにか送ったときに、「明日受け取ります」というリプライがあると、僕はほっとする人間である。受け取っていないから連絡しないと、相手に心配をかける。かといって、自分が確認していないものを、受け取ったと嘘はつけない。今は受け取れないが、明日は受け取れる、というのが一番正直な現状の説明になる。外出しているとか、会社を休んでいるとか、そういった情報は余分であって、確認がいつできるか、という点だけを知らせているところに誠意、あるいは責任感が滲み出る。

若い担当者でよくあるのは、上司の確認が取れてから連絡しよう、しっかりと決まってから正式に返答しよう、という気遣いをしてしまうこと。これも、相手をそれだけの時間待たせることになる。状況をありのまま、とりあえず連絡するのが鉄則であり、「明日お返事ができると思います」とメールを送っておくことは無駄ではないし、大事なことだと思う。そして、一度そういったメールを送ったら、その日時には必ず次のメールを送らなければならない。まだ結論が出ていなくても、である。

直接会って顔を見なくても、このようなちょっとしたやり取りで、相手が信頼のおける人間か、仕事を任せても良い人格か、ということがわかる。人の信頼を得たいのであれば、このようなディテールをまず固めるべきだ。そして、そのスタンスの不断の持続によって、信頼関係が築かれていくし、いずれ仕事の成功を導くものになるだろう。

87 子供のときによく作った秘密基地を、何故大人になって諦めたのか?

小学生のとき、基地作りに熱中していた時期がある。森の中など人があまり立ち入らない場所に、あちらこちらから廃材などを運んできて、隠れられるような場所を作った。そこで何をどうする、というわけでもない。作ることが楽しかったのだろう。

自分の家の庭にバンガローを建てた話は以前に書いたが、あれも、基地というイメージの延長だったかと思う。潜望鏡《せんぼうきょう》などを備えていて、仮想の敵を見張れるようになっていたのだ。

基地というからには、戦いのイメージが伴う。だから、周囲を偵察できるように、近くの高い樹へ登れる設備も作ったりした。いったい何が攻めてくるのか、つまり誰が敵なのかも、わからないのだが、そういった遊びをしていたわけである。

中学になると、もうやらなくなった。学校が遠かったから、家の近所では遊び友達がいない。そうなると、学校の中で基地を作ることになる。古い建物が多く、使われていない部屋や場所が方々にあったから、そういったところへ入り込んで、遊んでいた。今思うと、すべて立入り禁止の危険な場所だったのではないか、と思う。

そのうち、クラブ活動の部屋が、それに代わった。物象部なら理科室だった。高校になると、部室がそれぞれのクラブに与えられていて、部員以外誰も来ないプライベートな空間となった。

大学生になったときは、共同で借りた前述の同人誌編集室が、この「基地」に属するかもしれない。いずれにしても、外見はだんだん本来の基地から遠ざかる方向だ。

大人になっても、ときどきこの「基地」の延長のようなものを目撃する。たとえば、ツリーハウスとか、田舎に土地を買って小屋を建てたとかである。僕はやらなかったけれど、雑誌などでたびたび見かけるから、やりたい人は多いようだ。少年っぽい遊びだが、女性でも愛好者はいる。ただ、大人になると、友人と酒を飲むとか、午後のティータイムを過ごすといった具合で、やはり確実に基地離れしているようだ。

社会からの「隔離」が、これらの主テーマだろう。すなわち「孤独装置」みたいなものといえる。広い場所よりも狭い方が適している。茶室と同じだ。そして、どの場合も、完成したものではなく、完成させる行為に価値がある、という共通点がある。

大人がこれを諦めるのは、「何の役に立つのか？」という目的至上主義に染まってしまい、役に立たなくても面白いものが世の中には沢山あることを忘れたからだろう。

88 ヘリコプタって、けっこう事故が多いって、知りませんでしたか？

この頃、日本国内でヘリコプタの事故が多く発生している。もちろん、報道を通しての観察なので、そう見えるだけかもしれない。皆さんは、どんな印象をお持ちだろうか。

実は、事故件数を見ても、ヘリコプタの事故は航空機の事故の半数近くもあって、飛ぶものの中では、圧倒的に危険だといえる。

ヘリコプタや小型機は、低空を飛ぶ仕事が多い。建物や森林に近づく機会も多いだろう。それができることが、ヘリコプタの利用価値だから、しかたがない。整備体制が徹底している必要がある。数々の条件が事故の多さに影響しているはずだ。

一時期、欠陥があると反対運動も盛んだったオスプレィは、幸い、大きな事故を起こしていない。事故率が異常に高いと報道されていたが、その事実はないとの報告もあったので、本当のところはよくわからない。僕はオスプレィをラジコンで飛ばして遊んでいるけれど、今のところ無傷である。また、通常のタイプのヘリコプタも、最近毎日のように模型を飛ばして遊んでいるけれど、墜落大破といった事態は経験がない。

　ヘリコプタは飛行機の中では事故が多い、との認識を一般の方は持たれていないかもしれない。ヘリコプタは、ゆっくり飛ぶというイメージがある。ホバリングして空中停止ができる。だからこそ、災害時に救助活動ができる。一見して非常に安定しているように見える。飛行機はゆっくりは飛べない。ゆっくり飛ぶと失速してしまう。自動車事故でも速度オーバが原因の大事故が多く、高速になるほど危険だという印象があるだろう。

　ヘリコプタの事故率が高いのは、メカニズムが複雑だからである。飛行機は、ヘリコプタや自動車に比べてメカニズム的にはシンプルなのだ。複雑になれば部品も多くなり、どこかに不具合が生じやすい。部品のトラブルで、致命的な事故の発生率が高まる。特に回転するロータの付け根付近は、コントロールに重要な部品が集中し、しかも高速回転している。自動車は、故障したら停まれば良いが、飛んでいるものはそれができない。

　ただし、飛行機もヘリコプタも、エンジンに不具合が発生した場合は、滑空して不時着ができる。非常に危険度が高いとはいえ、エンストが墜落に直結するわけではない。多くの人が、ヘリコプタはエンストしたらお終いだ、と誤解しているはずである。

　昔の自動車は、しょっちゅうエンストした。今の自動車の故障の少なさは素晴らしい。機械の信頼性は向上し、トラブル・ゼロに近づいている。ただ、その一端は、未だ人間による整備に支えられている。このあたりに今後の改善の余地があるだろう。

89

僕は人真似が得意だけれど、誰の真似かわかるほど上手ではない。

自分では、人の特徴を摑《つか》み、見定める才能があると思っていて、たとえば、誰と誰の顔が似ている、仕草が似ている、とすぐ思い至る。絵や音楽などの作品でも、特徴を見極めて、どうすれば同じようにできるか、自分なりに理解しているつもりだ。だから、物真似が得意だと思っている。自信を持っているといっても良い。

しかし、若い頃にそれを人に話したり、見せたりしても、「全然似てないよ」と言われることが多かった。絵なども、似せて描いたり、デフォルメして描いたりしても、誰も気づいてくれない。どうも、人が見ているものと、僕が注目して、特徴だと見定めたものが、一致していないようなのだ。

おかしい。何故誰も指摘しないのか。そう思う類似性が世間に沢山ある。一例を挙げると、横綱を引退した稀勢《きせ》の里《さと》と、自民党の石破《いしば》氏がそっくりだ、と奥様に話したら、「どこが?」と顔をしかめられた。結婚して、もう五十回は、こんなやりとりがあった。奥様が変なのではなく、奥様以外でも、僕の目は評価されていない。

自己評価は高いが、人には認められないわけだから、客観的には真似が下手だということになる。しかし、ある意味これは有利かもしれないのだ。何故なら、真似をしても気づかれない。真似だと指摘されないのだから。

どんな芸術も、なにかしら他の作品の影響を受けて創作されるだろう。本人が意図していても、していなくても、似ていると指摘を受け、酷い場合は非難されるだけでなく、犯罪になる。オリジナリティは、芸術において最も価値の高いものとされているのだ。

僕の場合、似せようと思っても似せられない。あからさまに似ているのに、誰も気づかない。一方で、僕は読んだこともないものでも、タイトルが似ていたり、引用として使っただけで、オマージュだとか、インスパイアされたとか言われる。特に、小説なので、読者は言葉に拘っているようだ。同じ言葉のものは、同じものだと認識する傾向にある。そのあたりも、僕にはよくわからない感覚といえる。

小説のキャラクタも、僕は、誰かをモデルにしたことがない。モデルがいたら、書きにくいとさえ考えている。書いているうちに、キャラクタは出来上がってくるものだ。模型のようにプロトタイプがあって、それに似せるものではないだろう。その模型でさえ、僕は実物の縮尺で作るようなことはしない。自由に作らないと、自分の作品だという気持ちになれない。無意識のその感覚があるから、似せられない可能性もある。

90

オリンピック？　えっと、次はどこで、いつあるのかな？

　またオリンピックをやるらしい。このまえやったばかりではないか、と思うのは僕くらいだろう。そうか、閏年《うるうどし》にやると決まっているのか。知らなかった。すぐ忘れるけど。

　東京でやることになったらしい。大勢の人が反対していたが、今はそういう話は一切出てこなくなった。マスコミは、マイナス面を伝えない。マスコミ自身が、在京の不動産業と同様に、オリンピックで利益を得られる企業だからだろう、と想像している。

　スポーツが悪いとは思わない。見ていて面白いスポーツはある。技を競うことで、ドラマがある。ただ、喧しいのは、日本人がメダルを取ったと大騒ぎすることだ。そのあたりが、いわゆるスポーツマン精神とは相容《あいい》れない醜さといえる。鍛え抜かれた技の持ち主が、勝利に飛び跳ねて大はしゃぎしたり、喜びのガッツポーズをしたりする精神は興醒《きょうざ》めといえる。勝者は静かに刀を納め、敗者に対して一礼する、というのが日本の美学だ。

　また、選手個人も、自分のために戦うならまだ良いが、日の丸を背負う、お国のため、という意識を前面に出してくると、これも違和感を抱いてしまう。まあ、国から経済的な支援を受けているから、スポンサであることは事実だし、それは税金を払っているる国民の金だから、理屈は通っているのかもしれない。それでも、僕のような人間もいるわけだ。もっと個人として競技に出ている、と公言する選手がいても良いと思う。みんながみんな、日本の皆さんのおかげだ、と語るのが、どうも芝居がかって見えてしまう。

とはいえ、オリンピックというイベントに対して、特に反対したり、やめろというつもりはない。好きな人たちが集まって、楽しめばそれでけっこうなことである。大勢の人たちの趣味のイベントなのだ、と解釈すれば、なにも問題はない。その趣味の人が多数なのは確かだから、税金で集めた国費が投入されようと文句は言わない。ただ単に、国民全員が注目していると思ってもらっては、少々心外だ、という程度である。

ときどきいるのだが、メダルが取れないのは、国がこれこれこういった支援をしないからだ、などとおっしゃる方々は、そんなに日本に勝ってほしいのか、と首を捻る。金をかけてメダルを沢山取ったら、それが何だというのだろう。僕はむしろ逆で、そういう競争心を煽るような貧しさから早く脱却し、もっと豊かな国になってほしい、と考える。

日本がメダルを一つも取らなくても、みんながスポーツを楽しみ、世界中の選手たちに拍手を送れることが、本来あるべき姿ではないだろうか。「勝たないと意味がない」というもの言いは、スポーツには不要な精神であり、スポーツを貶《おとし》めるものでしかない。

91 田舎は人口が減ってもなんとかなるが、都会はたちまち崩壊するだろう。

日本の人口は減少している。これからどんどん減っていく。少子化というのは、これからさきの話ではない。既に起こっていること、過去のことといっても良い。人口が減っているのは、主に地方である。都会の人口が減るのはこれからだ。今は増えている東京も、今後は減ってくる。これは、対策どうこうの問題ではなく、避けられない現象として認識した方が正しい。

地方では、インフラの維持が問題になる。交通機関はだいぶまえから縮小している。今後は道路の維持も難しくなるだろう。さらに水道が維持できなくなり、過疎地で生活するには、相当な個人出費が迫られるようになるだろう。しかしながら、地方はそもそも不便だったので、インフラの老朽化による影響はさほどでもない。そういうところに住む力のある人が、田舎で生き残るからだ。

一方、大勢が集まることが成立条件だった都会は、大勢がまだ住んでいても、数割減少するだけで、成り立たなくなる可能性が高い。たとえば、交通機関は値上がりが避けられない。運行本数も減る。現在が安すぎるし、便利すぎるから、それらの劣化が目立つ。商売も、大勢がいたから成り立っていたものが多い。そういうものが都会に集まっていたし、都会の吸引力の源だった。それが、消えていくことで、都会としてのアイデンティティが崩れ、たちまち機能を維持できなくなる。何のためにここにいるのか、と多くの人が気づき始め、都会離れが加速するはずである。

その頃には、仕事も学校もどこにいても通えるバーチャルな時代になっている。ショッピングも店に出向くようなことはない。都会に住まなければならない理由はほぼなくなっているはずだ。田舎でも、共同で維持する自動運転の電気自動車が活躍するだろうから、都会の交通網の優位さも消えている。

人口減少で問題になるのは、安全である。犯罪に対する防御が、どのようなレベルで実現できるか。警察はどの程度まで市民を守れるのか。そのあたりが、都会と田舎の最後の決着をつけそうだ。人は、安全な場所に移動したがるはずだからである。

しばらくは、テロが都会の不安要因となる。世界中に共通するものだ。警察や法律が抑止できるのは、軽犯罪だけ。自分が死んでも良い、という人間が起こす犯罪は防げない。個人を見張るＡＩが、ある程度これを防ぐようになるのは、少しさきのこと。最後は、集まる人たちと、離れたい人たちの分散社会になるだろう。

92

後ろはどこまでも見えるのに、前は霧に閉ざされている。それが人生。

若い頃には、あまりこれを感じない。何故なら、未来ばかり見ているからだ。後ろを振り返ることは滅多にない。振り返るほどの過去もないし、過去の自分はあまりにも幼い。今と違いすぎて話にならない。

ところが、大人になるほど、過去を振り返って、現在の自分と比較するようになる。過去の自分が今とだいたい同じ自分だから、この比較が有意義になるためだ。さらに、歳を取れば、過去に延々とした自分の人生があって、いつもそれを眺めるようにもなる。人に話すのも昔話が多くなる。未来なんてもうないのも同じで、じっくり見たいとも思わないようになる。精神衛生上、こうするしかない、ともいえる。

しかし、進む方向は変えられない。進む速度も一定だ。同じ時間で、全員が未来へ向かっている。ずっと昔から一定である。年寄りは「最近時間が経つのが早い」とおっしゃるけれど、それは自分の頭の回転が落ちたからである。

未来は、遠くまでしっかりと見えるものではない。明るいか暗いかは見えるが、細かいことはわからない。霧がかかっているようなものだ。自動車だったら、危なくて運転ができない状況だろう。幸い、飛ばす必要がないので、ゆっくり進むことになる。数日未来なら、ほぼ見えるのだから、突然現れるものにびっくりするような目には遭《あ》わずに済む。

過去は、どこまでも見える。でも、見えやすいからといって、後ろばかり見ていると、未来の大事な変化を見逃してしまう。それでも、「どうせ未来のことはわからないから」と見ようとしない人が多い。

見なければ見えない。考えなければ、予測もできない。進んでいる方向なのに、それで良いのだろうか？　ぶつかって初めて障害物に気づく。分かれ道があったのに、見過してしまう。どちらの方向へ進みたいかをちゃんと考えていたら、あのときあの道へ進んだはずなのに、とあとになって悔やむ。

子供のときを思い出してみよう。どんな学校へ進学したい、どの大学を目指したい、どんな職業に就きたい、そういう未来を見ようとしたはずである。

見ようとすれば、それなりに見えてくる。見る力もついてくるし、どこを見ていれば、これから起こることを予測できるかがわかってくる。見逃さないことだ。そして、考えることで、霧は少しずつ晴れてくる。人生は運だ、と思って目を瞑《つむ》っている人は、暗闇の人生になる。目を見開く人は、未来の明るさを感じ、少しずつ導かれるだろう。

93

おもちゃに囲まれた生活を夢見た子供の頃。今もその夢の中にいる。

僕はおもちゃを買ってもらえなかった。当時はそれが普通の家庭だった。友達でも、おもちゃを持っているような子は少なかった。でも、つぎつぎに新しいおもちゃが登場したし、デパートにはそれらが並んでいた。たいてい、おもちゃ売り場では、泣いてだだを捏《こ》ねる子がいたものだ。欲しくても買ってもらえない。おもちゃは高かったのである。

今の子供たちの多くは、欲しいものが買ってもらえる環境にある。おもちゃは手頃な値段になったし、生活も安定した。社会が平均的に豊かになった。親が子供のために金を使うようになったともいえる。

それでも僕は、自分の子供たちにおもちゃを滅多に買わなかった。自分がそうだったからだ。結婚が早く、働き手である僕の給料は安かったから、おもちゃなんか買ってられない。子供が小学生になっても、ゲームなどは一切買わなかった。子供たちは、他所《よそ》の家で遊ばせてもらっていたようだ。中学になったときに、なにかのきっかけで、本人から要望があって、初めてゲームを買い与えた。それ以前に、小学校五年生になったとき、塾に通わせてほしい、と本人が要望した。だから、二回めのお願いだったかと思う。僕は、親の方から提案するのではなく、本人が希望することを重要視していた。もしかして、奥様がそう仕向けたのかもしれないが、そのあたりは深く追及しなかった。

さて、僕自身の場合、おもちゃが買える身分になったのは、大学生になってからだ。家庭教師のバイトを始めたことで、小遣いが増えたおかげだった。最初に、当時発売になったばかりのタミヤのラジコンレーシングカーのポルシェを購入した。バイト料一カ月分の値段だった。ちなみに、作家になって印税をもらったときも、ポルシェを買っている。

この感覚のまま、大学院卒業直後に結婚したので、給料もバイト料と同じだと認識していて、もちろん家庭のために大半を使うけれど、自分のおもちゃを買うことも忘れなかった。具体的には、手取りの一割を僕のおもちゃに使う、という方針で了解を得た。今になって考えると、奥様は苦労を余儀なくされた。結婚二年後に子供が生まれ、ますます大変だったと思う。だが、その当時の僕は、仕事とおもちゃに夢中で、そこまで気が回らなかった。若いというのは、それだけで罪なことである。今反省してもしかたがないが。

そのままずるずると現在に至っていて、僕の周りはおもちゃだらけになった。おもちゃ屋、模型屋の何十倍もの品揃《しなぞろ》えである。おもちゃのデパートが開けるほどだ。よく思い出せないが、この状況はかつて夢見たはずである。夢から覚めることはなさそうだ。

94

正直にいって、僕には恩人という人がいない。感謝は神様にだけしている。

　恩人といえる人はいない。恩人とは、「恩恵を施《ほどこ》してくれた人」のこととあるが、該当する人はいない。もちろん、両親の世話にはなった。でも、両親は恩人には入れないのが常識だろう。

　恩師ならいる。恩師とは、「学恩のある先生」のことで、教えてもらった人は皆恩師となるから、小学校から大学まで、沢山の先生が相当する。一人に絞ることはできない。

　金メダルを取ったスポーツ選手などが、必ず恩師の話をするように思う。また、著名な学者も、たいてい恩師が話題になる。誰でも誰かに教わって育つのだから、恩師も多くなるのは当然だろう。だが、恩人となると、なかなかいないのではないか。

　たとえば、「命の恩人」という言葉がある。命を助けてもらった人のことだが、死ぬような危険な目に遭わないかぎり、そういう人には出会えない。病気をすれば医者が恩人になり、救急車で運ばれたら救急隊員が恩人だろうか。運ばれなかったら死んでいたかもしれないのだから、当てはまるのかもしれないが、医者も救急隊員もそれが仕事なのだし、そのために給料を得ているのだ。恩人だからといって、あとで手土産を持ってお礼にいく、というほどでもないように思える。これには、首を横に振る人が多いかもしれない。

そういう話をすると、その救急車を呼んでくれた人が恩人かもしれない。僕のときは奥様が電話をかけた。奥様が喘息《ぜんそく》の発作に襲われたときは、僕が電話をかけた。お互いに命の恩人になったことになる。夫婦で恩人関係になってもしかたがないか。

考えてみたら、命の恩人であれ、ただの恩人であれ、自分自身が自分の恩人であるといえるのではないだろうか。なにしろ、あわや高所から落下かという場面で、咄嗟《とっさ》に手摺《てすり》に摑《つか》まってくれたのは自分だ。また、自分の判断で、窮地から脱した体験を持つ人もいるはずである。もっと簡単な話なら、自分の判断で危険な場所に近づかない、悪事も働かないわけだから、明らかに恩人である。なるほど、自分が自分の恩人か。つまらないかも。

昔の漫画で多かったのだが、偶然にも危険から救ってくれた人に一目惚《ひとめぼ》れしてしまう、という恋愛ものがあった。やはり、恩人というのは、フィルタがかかって輝いて見えるのだろうか。これを悪用し、友達に襲わせ、そこへ助けに入るという演出で、恩人を装《よそお》うようなストーリィもあった。これは実際にそんな事件もあったはず。

恩人がいないというのは、窮地に陥らない用心深さの証かもしれない、ということで、よろしいでしょうか。まだまだ死ぬ思いをするかもしれず、わかりませんけれど……。

95

少しずつ薬を飲む日を減らしている。特に変化は見られない。

救急車で運ばれて入院したとき以来、血圧を下げる薬を毎日一錠飲んでいる。しかし、この頃は、上は百十を超えることはないし、下は六十台のときもある。高血圧とはいえない。薬を飲んでいる効果なのかもしれないが、そろそろ飲まなくて良いのではないか、と思い始めた。

そこで、十日に一度、薬を飲まないことにしてみた。血圧は毎日朝二回、夜二回測定しているが、安定していて、薬を飲まなくても上がるようなことはなかった。だったら、もう少し減らしても良いかもしれない、飲まないインターバルを縮めてみようか、と思案しているところである。

退院した直後は、たしかに上が百三十台だった。それに、薬を飲み忘れると、翌日は高くなった。だから効いていることは確かだ。持続して飲んでいたから下がってきたのかもしれない。こういうものは治るということはないらしいから、一生飲み続けた方が安全なのかな、と思っていた。

だが、あまりに低くなってきて、もうとても高血圧とはいえない数値である。むしろ低すぎるのではないか、と心配になる。自己責任で薬を少し減らしてみよう、と思った。毎日の血圧測定は続け、その数値を見ながら、薬を調整するのが良いだろう、と想像している。こんなふうに客観的に考える人は少ないかもしれない。

こういうことは、医者にきけば良い、とは僕は考えない。医者の意見も参考にするけれど、個人差というものがある。そもそも、僕は成人したあと薬を一切、風邪薬の一錠も飲んだことがなかった。だから、普通の人よりも薬が効くのではないか、とも思う。それから、血圧がいくつだったら高い、いくつなら良い、というのも統計上の話であって、個人に当てはまるかどうかは別問題だろう。自分の体調を鑑《かんが》みて、そのつど修正していくのが良いし、薬をやめるのも、結果を観察して判断しよう、と考えた。実に理屈っぽいな。

医者に通っているのは、薬を買うためもあるし、半年に一度の血液検査をしてもらうのも有意義だと思っている。血液検査は、この二年間すべて正常値だ。特に食事制限などはしていないし、健康のために汗を流すような運動もしていない。食べたいものを毎日食べ、動きたくないときはソファに横になって、本を読んでいる。外に出るのは、庭園内の活動がほとんどで、敷地から出るのは犬の散歩だけ。あとはドライブくらいだ。もしかして自分は健康なのではないか、とこの歳になって初めて、少しだけ思い始めている。

96 死ぬまえに、皆さんの前から姿を消しましょう、雄猫のように。

雄猫は家では死なない、と聞いている。今は家の中で飼われているが、少しまえまでは、猫は自由に家を出て、近所をうろついていたものだ。雌猫は最後は家で死ぬが、雄猫はいなくなる。死ぬときは自分で死に場所を探すそうだ。それが本当なら孤高を感じさせる。

そういう死に方が理想だな、と考えてみたが、実際に実行するのは難しいだろう。死ぬ間際には、外出してどこか遠くへ行くだけの体力が残されていないはずだ。そんな体力があったら、また回復して、もう少し生きられるかもしれない。

もうすぐ死ぬ、という冷静な判断ができるかどうかも怪しい。たぶん、死ぬほどの状況になったら、どこへ行こうと考えるのも億劫《おっくう》になるはずだ。もう、そのまま寝ていたい、と思えるならまだ状況は良くて、それよりも、どこかが痛いとか、気持ちが悪いとか、我慢ができない苦しさを味わわなければならない窮地なのではないか。そうなったら、もう気絶するか、それとも早く医者へ連れていってもらい、とりあえずこの苦しさをなんとかしてもらいたい、と考えるのが普通だろう。

まだ元気な若い人は、ある程度の体力があるうちに死への旅に出るべきだ、というふうに考えるかもしれない。人目につかない場所で、自殺をするのが最も確実だ。そういう死に方を、誰もが一度くらいは想像したことがあるのではないか。実際に、著名人、知識人、人々から尊敬を集めていた人格者でも、その種の死を選んだ人は大勢いる。

残念ながら、僕はそれを真剣に考えたことはない。綺麗すぎる。というよりも、死ぬんだったら、どこで死んでも同じではないか、と思っている。突然倒れて、野垂《のた》れ死ぬのが、僕にとっては理想的な死に方だ。何がって、「突然」という部分がである。

だが、突然倒れても、運悪く助かってしまう場合もある。今は医療技術が向上しているから確率は高い。それで、もう自由に動けない躰になる可能性もあるだろう。しゃべることもできなくなっているかもしれないから、もう治療しないでほしい、と要求もできない。そのリスクがあるから、せめて、大まかな方針だけは家族に話しておくのがよろしい。

野垂れ死にで充分なのだが、今の僕のように、大勢の人に存在を知られている仕事の場合は、少し気をつけなければならない。たとえば、突然連載が中断するとか、突然ブログの更新がなくなるとか、そんな死を連想させるようなことも迷惑に変わりない。できれば避けたいところである。だから、そこはやはり雄猫のように、少し以前に去っていくことが綺麗なのではないか。格好をつけたいのではなく、最低限の礼儀として、である。

97 結局、本当の「美しさ」というものは、学問の中にあったようだ。

美とは、芸術の中にあり、人の心の中にあるもの、というのが一般的なイメージのようだ。たとえば、理系の学者には無縁の感覚だろう、と思われている節がある。それは、誤解である、という話を書こうと思う。

ものごとを探求する道には、確かな美しさというものが存在していて、その道を歩く者は、美の素晴らしさを知っている。数学者も物理学者も、ほとんど美に取り憑かれているといって良いくらい、美しさの虜《とりこ》になっているのだ。学問をすると、そういう感覚がよくわかるようになる。むしろ普通の人よりも、美に対して敏感だといえるかもしれない。

何故かというと、それは現実の社会に、特に人間関係などに、どうしても汚れた部分が生じるからだ。現実には、美しいものももちろんあるけれど、醜いもの、汚いもの、恐ろしいもの、近づきたくないもの、触りたくないものでいっぱいなのだ。そんな中で生きなければならないから、ほんの僅かな美しさに縋《すが》ろうと、やっきになって音楽を聴き、美術を鑑賞し、心を澄ませて深呼吸しているのが、人間である。

学者は、そんな汚さから比較的遠いところにいる。探求すればするほど、周囲は美しさだけに包まれてくる。数式であっても、また法則であっても、新たに出会えば、その輝きに感動し、その優美さに身震いし、涙が出る。

悲しいから涙が出るのではない。嬉しいからでもない。世に言う、愛とか友情とかの感動でもない。もっと美しいもの、もっとピュアなものだ。適当な言葉がないが、おそらく、人間の「生」の中心に触れるような神秘な体験だろう。

一般の方には、それが大げさに思えるはずだ。なにしろ、それは針の先よりも小さかったり、信じられないほど遠かったり、人の一生の何億倍も長かったりする。金や日常には無関係であり、それどころか、本人の命にもまったく影響しない。でも、本当に美しい。

ただ美しいのだ。

しかも、自分しか知らない。自分にしか見えない。孤独の美である。

刹那的《せつなてき》なその光は、あるのかないのかも、微妙だ。

そういう美の感覚を一度味わうと、何度でもそれが見たくなる。だが、一生に一度か二度だろう。星のように瞬いて、消えてしまう。

夢でも希望でもない。求めて、求め続けて、手が届かないことを知るだけかもしれない。美とは、頭の中で一瞬光る流れ星のようなものだ。学問をする価値がそこにある。

98 美しさを知るほど、人は強くなる。強くなるほど、美しくなるのだろう。

「美」というものは、僕の印象では、ほとんど「強さ」と同じものだ。一般的には、両者はまるで違うファクタとして捉えられているけれど、僕の場合は、美しさはもう少し強さ寄りであり、強さはかなり美しさ寄りなのである。したがって、そのように定義を少し修正してもらうと、僕が持っている印象がご理解いただけるかもしれない。

逆の方向へ考えても、わかりやすい。美しくないものとは、つまりは弱々しいものである。すぐに壊れてしまうもの、脆弱《ぜいじゃく》で不均質な構造は、美しくない。均整が取れているものは、力の流れが滑らかであり、それゆえに美しく、また高い強度を発揮する。

また強いとは、あるときは打ち勝つこと、支配することにつながる。猫科の獣が、獲物に飛びかかろうとするときの姿勢の美しさを、思い浮かべてほしい。その精悍《せいかん》さは、バランスであり、合理的な均整による。無駄がなく、静寂から一瞬で発揮される衝撃は、閃光のように輝かしいだろう。

支配される側は、通常は強者の美に憧れる。孔雀《くじゃく》の羽は、敵を威嚇するためのものでもあり、弱者はその美に屈する。求愛に用いられるのも、美と強さの一致の証《あかし》だ。

飛行機もスポーツカーも、美しいものほど速く、力強い。設計者は、強力なエンジンを載せるボディは美しくなければならない、と本能的に考えているようだ。

装飾的に飾り立てられたものは美しくない、と感じる感覚も、理由のあるものだと思われる。ヨーロッパのある時期の美は、豪華絢爛《けんらん》な装飾の量を競ったが、それらは、富で美を買おうとした哀れな行為としてしか歴史に残らなかった。革命によって葬《ほうむ》り去られたし、そうでなくても醜く朽ち果てたはずである。歴史に残る美とは、ピラミッドの力学的洗練であり、叩き上げられた刃《やいば》の材料学的達成だった。

やがて、強さは慈《いつく》しみを取り込み、社会の構造を柔軟化させた。そこに、過去になかった「しなやかな美」を模索しているようだ。

日本には古来、朽ちゆくもの、滅びゆくものの美へ注ぐ目があった。しかし、それは弱さを求めたのではなく、着飾った虚構が崩れ、還元される本来の姿に、永遠という強さを求めようとしたものだ。永遠を求めることに美と力を同時に見出そうとした。光でも闇でもなく、その間の影こそが、一瞬であり、すなわち永遠となりうる。あたかも有限と無限の均衡であり、あらゆる存在はそこにしかない、と悟らされる。力が両側から作用するがゆえに、固まり、成り立ち、そして生じて、そこにある、というものを。

99 研ぎ澄まされた一瞬の思考に、人の価値のすべてがあるのではないか。

発想というものは、呼吸している間は出てこない。息を止めて、目を瞑り、耳を澄ませたときにだけ、どこからともなく浮かび上がってくるもののようだ。

発想は、誰にでもある。ただ、それに気づくかどうか、あるいは、それを展開できるだけの余裕があるかどうか、によって、現れたり消えたりするのだろう、と僕は想像している。というのも、僕に訪れた発想も、その大半は、そのときには気づけなかったし、展開できなかったからだ。同じ発想が再度訪れたとき、ようやく目に留まり、そして展開するだけの能力がたまたまあったから、まえのときを思い出して、そうか、あのときはわからなかったんだ、とわかるのである。

発想しない頭は、ただ知識を出し入れするだけで、お店のような業務しかしていない。仕入れたものを売っているだけだ。あるいは、トラックで荷物を運ぶように、知識を運んでいるだけだ。そんな店では、商品を加工しようとは考えない。運送する人も、商品を開けて調べたりはしない。それはしてはいけないことだと規則で決まっているからだ。けれども、人間の頭の中で、知識を加工したり、開けたりしてはいけない、という規則はない。多くの人が、いけないと思い込んでいるようだ。そのままの知識の方が、テストで有利だし、別のところで披露《ひろう》すれば褒めてもらえる。余計なことを考えて、間違えたくない。

加工をしたり、知識を開けて深く探究したりするのは、自分ではない、と考えている。そういうことは、研究者や学者に任せておけば良い。考えるのは、考えることが仕事の人だけで良い、という認識なのだろう。

だが、だんだん機械やＡＩが仕事をするようになり、知識の出し入れや移動だけならば人間がする必要がなくなった。たとえば、クリエータと呼ばれる人たちは、頭の中でものを作り展開している。そういう職業が近年増えてきているし、またその仕事に関わる人も増えている。つまり、儲かるようになってきた。人間にしかできないものだからだ。

それに気づいて、クリエータを目指そうと方向転換する人も多い。しかし、頭がその作業に適応していない。知識を取り入れ、そして出すことしかできない。組み合わせることはできるし、別のところへ運ぶことも得意かもしれないが、加工したり、展開したりはできない。何故できないのか、と少しは考えてほしい。

子供の頃からの環境が大きいだろう。何をしていたか？　インプットをするか、反応するかのいずれかで、なにも作らなかったのでは？　発想した経験はありますか？

100 宗教を信じないし、いらないものだと思っているが、神は僕の傍《かたわ》らにいる。

森家にいる犬たちはみんな雄なので、兄弟みたいなものだ。歳が上の子は、「おにいちゃん」と呼ばれている（犬は呼ばないが、人間が腹話術で呼ばせている）。雄犬どうしは、一般に仲が悪い。縄張り争いをするし、所有欲があるので、おもちゃの取合いにもなる。だから、喧嘩《けんか》を始めるまえに、人間が抑止しなければならない。上の子を立て、下の子を我慢させる。そうすることで秩序が保たれ、だんだん協力をするようになる。一緒に散歩に出かけたとき、見知らぬ犬に対面すれば、仲間がいることが心強いらしく、一匹のときよりも強気に出たりする。上の子が吠えれば、下の子も加勢して吠える。「行け！　やってしまえ！」とけしかけているようにも見える。

しかし、兄弟だけになると、お互いに牽制《けんせい》し合うというか、あまり近づかない。ときどき匂いを嗅《か》ぎ合うが、そのうち上の子が「いつまで、やっている」と怒る。そういった光景を愉快に眺め、癒されている。本書のタイトルは、この意味である。

さて、僕は宗教を信じない。だから、神社や寺には建築を見にいくだけで、神仏に手を合わせることはない。初詣《はつもうで》もいかないし、御神籤《おみくじ》も引かない。お守りも持たない。森家には、仏壇も墓もない。一見すれば、僕は神を嫌っているかのように見えるだろう。

しかし、一人でなにかに熱中し、自分が思い描いたとおりに実現したときなどに、思わず、神様が味方してくれた、と感じる。天を仰ぎたくなる。感謝したくなる。こういうときだけ、心強い味方が、僕の傍らにいてくれた、と感じるのである。まるで、散歩のときの犬たちの関係のように。

事実上、神様はなにも助けてくれない。奇跡は起きないし、びっくりするような幸運も滅多に訪れない。有用なアドバイスもしてくれないし、落ち込んでいるときに慰《なぐさ》めてくれるわけでもない。正直なところ、神はいないのではないか、と疑ってもおかしくない。少なくとも、そういう物体は存在しない。唯一感じるのは、神様の視線である。

そもそも、僕はなにかを「信じる」という行為がよく理解できない。信じたり、信じなかったりすることが、どちらもできない。どうすれば信じた状態になるのかがわからない。けれど、自分が思ったとおりにやってみよう、と判断するときに、自分の思いの中に神様のような心強さを感じることはある。逆に、自分が思ったことでも、どうもこれは駄目っぽいな、と感じることもある。いずれも、僕自身の頭の中のことで、理屈で解明できない部分があることは否定できない。どうやら神様は、そこから僕を見ているみたいだ。

連載

ピロチくんとオレ

吉本ばなな

最終回

＊これはあくまで創作なので、フィクションとして読んでくださいね！　笑

オレとピロチくんが、同性だったら、あるいは歳が同じだったら、たいへんなことになっていただろうなといつも思う。

大親友か、大ライバルか。

恋愛の可能性を全く思いつけない自分の男らしさが情けない限りだが。

なにのライバルかはわからない。小説かと言うと、少し違う気がする。

しかし、こんなにアホな、学歴ほぼゼロと言っても過言ではない（ろくに学校に行っていないし、行っても寝続けていたのでどうやって卒業したか全くわからない）オレ、

高校三年にもなって「伝説巨神イデオン」を夢中で観ていてうっかり試験に遅刻、ふだん0点しか取れてないのでこれでは留年すると先生の前で涙したら、一人だけの追試をやってもらえたという、文系理系以前に人としてしょうもないオレがなにで彼に太刀打《たちう》ちできるのか全くわからないのだが、オレの中のなにかがピロチくんのなにかに拮抗《きっこう》し、対等なものをもっているのは確かなのだ。

きっと生きているピロチくんが近くにいたら、毎日面白くて、観察することに忙しくて、この考えはどこからどう出てくるのかひもとくのに忙しくて、多分オレは小説など書かなくなっただろう。

それは恋などという小さな枠ではない。もっと宇宙的な規模の透明で純粋な好奇心なのである。純粋な好奇心がずっと続いたらそれは愛ではないですか?と言われたらもちろん否定はしない。

このように深く人の知性のあり方を愛したことはないかもしれない。

自分にできないことを人がしてくれるから、自分は自分を発揮しながらそれを学ぶことができる、人の才能に感謝することができる。あらゆる形で補《おぎな》い合って社会を回していく、だから人類は美しい。

多くの読者が彼に対して心から、オレと同じことを思っているだろう。

例えば思う。

「高齢の人は免許を返納することが推奨されてますよ、だってほら、また事故が起きましたよね！」、この風潮。そう遠くない将来に自動運転が発達して解決しそうな問題だから、そうなると成り立たなくなる、すべりこみセーフでできる商売があるってことなんじゃないかなあ？　なんか変な匂いがするキャンペーンなんだよな。

そのことを発言してはいけない風潮や炎上の面倒くささ、「私の親は高齢の方の運転している車に轢《ひ》かれて亡くなりました」みたいなどうすることもできない最強の意見。それを論破するまでに自分の中で仮説がしっかり成り立っていない、自分の中でデータが集まっていない状況になんとなくモヤモヤする。

考え抜くには知識も経験も足りない。

他にもたくさんある、うすうすわかっているそんなたくさんのことに、ピロチくんは筋道を通す。そして風穴をあける。

やはりそうか、うすうす思っていた自分はたったひとりではなかったのか。しかも漠然と思っていたそれにはこうしてちゃんと論理的な理由があったのか。

そういう種類の「孤独ではない」感覚が人類を進化、発展させてきたと言っても過言ではないと思う。


ちなみに今回のオレが出てくる当該部分に関してだが、オレは最愛の犬が死んだとき、自分の事務所に行って涙して「親が死ぬよりキツい」と言ったようなやはりしょうもない人間だが、さすがに息子が死んだら犬よりキツい。

母とはそういうものなんだと育児を通して深く学んだ。息子が家に引きこもって無職のまま五十歳になっても、「大変そうだね」とは思っても憎く思うことはないだろう。

母なるものの理不尽な愛、これもまた、人類を回してきたもうひとつの大きな力だ。

ただ人というものには、たとえ自分の子どもであっても、全く手の届かないそれぞれの人生があり、思いがあり、彼だけの他者との関わりがある。

でも、犬には飼い主しかいないのだ、生涯、死ぬその瞬間まで、自分の命ではなく飼い主が全てなのだ。

だから、ピロチくんが言っていることは、痛いほどよくわかる。

二〇〇〇年の初め頃だっただろうか。

そのとき、オレは人生の大きな節目を迎えていた。

これまで通りに生きるか、全く違う自分だけの道を行くのか。

その夏、オレのような社会不適合者がちゃんと生きていけるライフスタイルというものに、ギリシャのミコノス島に旅をして、生まれて初めて出会った。

よし、このライフスタイルのモデルがあればなんとか生きていける、とオレはこれから迎える中年期と老後に関して希望を持った。

そのライフスタイルというのは、夜はほぼ寝ない、明け方に寝て昼ゆっくり起きる、仕事をしたり水辺（海もしくはプール）に行く。朝昼はほぼ抜いて、夜に白身の魚を食べる、夕方になったらずるずると着替えて街に出てとりあえず一杯飲む…仕事はその合間にする、という「甘い生活」という映画もびっくりの甘いものなのだが、こんなことできるわけないだろうと思っていたら、バカンスの間だけだとしても島中の全員が同じような考えで生きている場所に出会い、こんなことはありうるんだ、こう生きたい人はこの世にいたんだ、と思ったのである。

目が覚める思いだった。

場所も下北沢なら、海はないけどある程度イケるのではないか？　そう確信していた。

人は幸せだと太らないということもそのときわかった。ミコノスで毎日食べていたのに、オレは瘦《や》せて帰ってきたのだから。もしかしたらあれこそが「地中海式ダイエット」なのか（絶対違います…）？

ちょうどその少し前にオレはピロチくんに実際に出会い、ミコノススタイルとは少し違うが思想的にはよく似ている「自由を最優先するが、人に迷惑はかけないし、断固としてそしてじわじわ実行すれば、不可能なことはない」という生き方を文章だけでなくこの目で見て、これまでの自分は何をやっていたのだろう？　周りの要求のままに明け渡していたものをそろそろ取り返さなくては間に合わないのかもしれない、と思いはじめていた。

その二つの要素が同じ矢印を指していたのを感じ、あとは動くのみという勇気が必要な時期だった。

オレが思いつく、想定されるこれからのあらゆる困難を、ピロチくんはオレの苦手とする力技を使う方法ではなく、独力そして独自の方法でクリアしていた。

それがどれだけ新しい人生を助けてくれたことか。


ミコノスから帰ってしばらくした夏のある日、ピロチくんが名古屋からやってきて、とあるイベントに出ていた。その会場にお手伝いに来ていた、ピロチくんのファンクラブ「森ぱふぇ」の会員の方が、人生でいちばんだいじにしているぬいぐるみを飾ってあったのを、しばし貸してくれたことがある。

どんなに愛されてきたかを全身から発散しているそのぬいぐるみは、ミコノスでの生活を得るのにあまりにも遠い、現実の数々の障害や道のりの遠さに打ちのめされて弱っていたオレに対して、とても優しかった。まるで「触っていいよ」と話しかけてくれたようにさえ思えた。今までのオレだったらそう思っても気を遣って人のものに触ったりしなかっただろうと思う。でも、オレはそっと手に取った。とても優しい感触だった。

きっと持ち主の彼はぬいぐるみから話（気配のようなもの）を聞いて、オレの気持ちをわかってくれているだろうと思う。大切にされているものには、そういう感触がある。あの方よ、ほんとうにごめんなさい、そしてありがとう。

「この世には自分がいていい場所がある」「やり方によっては自由に生きてもいいのかもしれない」という感覚は、長年「だらしない」「活気がない」（単に昼夜逆転で時差ボケだから、昼はぼんやりしているだけ）「傲慢《ごうまん》」「ふまじめ」などと多くの人にののしられてきたオレにとってそのくらい画期的なことだった。

これからどれだけの人間関係の整理整頓があるのだろう、何回「自分が間違っているのかも」と迷うのだろう、今のままで何も見ないようにしたらどんなに楽だろう、そう思ってもいた。

それでも、ミコノスでしていたような生活の中で書きたい、ピロチくんのように確実にしたいことを実行していきたい、その気持ちは消えなかった。

オレはそれから十年くらいかけて、全てを実行した。知性が足りないのでいろいろ不備はあるが、もしやらなかったら書き続けられたかどうかのみならず、生きていられたかどうかさえわからないほどだ。

人は自分の道を拓《ひら》くことができる。そのためには気合いや根性などではなく冷静な思考が大切で、間違いがあれば戻ってまたその地点から考えればよい。どんな大変なことでも、一気にやろうとせず少しずつ進めていけばいつか実現する。ピロチくんが教えてくれたその手法は、オレの人生を確実に良きものにした。

そう、その日、オレはそうしてぬいぐるみを貸してもらっては大切なものだと聞いて謝ってみたり、いろいろなブースを見て回って取材したりしていた。

そしてイベントに飽きた子どもといっしょにイベント会場の屋上に出て、冷たい飲みものを飲みながら景色を見ていた。

そのとき、超かっこいい顔をして、ピロチくんが屋上への重いドアを開けてやってきたのである。

「ここにいたのか！」

と西日に照らされた彼が言ったとき、その目を見たとき、オレはいきなり悟った。

そうか、オレにとっての彼を一方的に「ものすごく賢い、すごい人に知り合えてありがたい、こんな人がいるならまだまだこの世は生きる価値がある場所だ、そして人は自由に生きる権利があるんだ、ピロチくんよ、オレにその大切なことを思い出させてくれてありがとう」と思っていただけだったが、そうではないのだ。

彼にとってもオレのような珍しい種類の人間がただいることが、何かしらの救いになるのだ、と。

オレがあまりにもアホなメールを書くと、「そこまでアホだともう言葉もありません」（大意を意訳させていただきました）みたいなメールを返してくるピロチくんにたまにこの確信はゆらぎそうになるが、魂《たましい》はそう言っていない。あのとき、お台場の海を背景にしたピロチくんの顔が、全てを語っていた。

一生彼が実際には口にしないであろう言葉。

「君に会えて、君がこの世にいてくれてよかった」

オレはピロチくんの書くものがとても好きだ。どんどん好きになっていく。なぜなら彼の書くものが進化していくのがスリリングだからだ。絶望的な状況を描いていても主人公の知性は活《い》き活《い》きと輝き、読んでいるだけで脳の隅々まで全部使うライブ感がある。ふだんはそこまでシャープではない自分の思考が純粋になるところまでとことん削り出される。

人間としてのピロチくんが、子どもみたいに語尾をごじょごじょっとさせてなにかをしゃべる様子も好きだ。

すばるさんの透明な茶色い目が好きだ。

賢い犬たちがいつもふたりを取りまき、追いかけているのを見るのも好きだ。

過剰な感謝は友情を妨げる。そして大ライバルにもなってしまわないように、細心の注意をしながらつきあっていくことこそが、ほんとうの愛だ。だからしょっちゅうたずねてもいかないし、飲みに行きましょうとか、家族ぐるみでいっしょに温泉に行きましょうとか、バンジージャンプやりませんか？　カラオケに行こうよ、などとも言わない。

…バンジージャンプはオレも別にしたくないや。

カラオケは一回だけ行った。ピロチくんが歌う「大阪で生まれた女」に妻への愛を感じて泣けたわ～（『そんなつもりで歌ったんじゃありませんよ、いい歌だからもともと好きだったんです』↑言いそうなことを先回りして書いてみました）！

そういうことをするためにオレたちはめぐりあったのではない。

それでもオレは書いてしまう。

ピロチくん、この世に生まれてくれて、同じ時代にいてくれて、ありがとう。

ミコノス島の人たちのライフスタイルに出会えたのと同じくらいに、ピロチくんがこの世にいると知ってから、オレはやっとちゃんと息ができるようになった。

オレの人生の後半は、ピロチくんの存在に支えられてきた。

「いつまでも孤軍奮闘なのか？　自分だけがこの世の中でどこかおかしいのか？」もうそう思い続けなくてよくなった。

先日、旅の帰りにおうちに立ち寄ったら、すばるさんがデッキでオレにさらっとソーセージや野菜を焼いてくれた。火力が不安定な小さなコンロでよくこんなにいろいろなジャンルのものを完璧《かんぺき》にむらなく短時間で焼けるな、やっぱりこの人はある種の天才なんだな、と思った。

おじょうさんは寝起きなのに完璧に美人で、ゆるい服を着ているのに佇《たたず》まいが清潔でとてもきちんとしていた。

蜂《はち》を見たピロチくんが「ハニカム構造というのは、丸が押し合ってああなったものであり、蜂そのものが六角形を意識して作っているのではない。そして六角形は正三角形が集まった形なので安定しているのだ」と言ったら、すばるさんが「な～んかむつかしいこと言いだしたよ～！」と言った。なんてすばらしい世界だろう。こんな人たちが静かに潜《ひそ》んでいるなら、やはりこの世を好きでいられる。

ピロチくんには、一秒でも長く、どこも痛くなく、幸せに、この世にいてほしい。もちろん一行でも多く読ませてほしいのはやまやまだが、この際もう、ただそれだけでいい。

森博嗣著作リスト

（二〇一九年十二月現在、講談社刊。＊は講談社文庫に収録予定）

◎S&Mシリーズ

すべてがFになる／冷たい密室と博士たち／笑わない数学者／詩的私的ジャック／封印再度／幻惑の死と使途／夏のレプリカ／今はもうない／数奇にして模型／有限と微小のパン

◎Vシリーズ

黒猫の三角／人形式モナリザ／月は幽咽のデバイス／夢・出逢い・魔性／魔剣天翔／恋恋蓮歩の演習／六人の超音波科学者／捩れ屋敷の利鈍／朽ちる散る落ちる／赤緑黒白

◎四季シリーズ

四季　春／四季　夏／四季　秋／四季　冬

◎Gシリーズ

φ《ファイ》は壊れたね／θ《シータ》は遊んでくれたよ／τ《タウ》になるまで待って／ε《イプシロン》に誓って／λ《ラムダ》に歯がない／

η《イータ》なのに夢のよう／目薬α《アルファ》で殺菌します／ジグβ《ベータ》は神ですか／キウイγ《ガンマ》は時計仕掛け／χ《カイ》の悲劇／ψ《プサイ》の悲劇（＊）

◎Xシリーズ

イナイ×イナイ／キラレ×キラレ／タカイ×タカイ／ムカシ×ムカシ／サイタ×サイタ／ダマシ×ダマシ（＊）

◎百年シリーズ

女王の百年密室／迷宮百年の睡魔／赤目姫の潮解

◎Wシリーズ（すべて講談社タイガ）

彼女は一人で歩くのか？／魔法の色を知っているか？／風は青海を渡るのか？／デボラ、眠っているのか？／私たちは生きているのか？／青白く輝く月を見たか？／ペガサスの解は虚栄か？／血か、死か、無か？／天空の矢はどこへ？／人間のように泣いたのか？

◎WWシリーズ（講談社タイガ）
それでもデミアンは一人なのか？／神はいつ問われるのか？／キャサリンはどのように子供を産んだのか？（二〇二〇年二月刊行予定）

◎短編集
まどろみ消去／地球儀のスライス／今夜はパラシュート博物館へ／虚空の逆マトリクス／レタス・フライ／僕は秋子に借りがある　森博嗣自選短編集／どちらかが魔女　森博嗣シリーズ短編集

◎シリーズ外の小説
そして二人だけになった／探偵伯爵と僕／奥様はネットワーカ／カクレカラクリ／ゾラ・一撃・さようなら／銀河不動産の超越／喜嶋先生の静かな世界／トーマの心臓／実験的経験

◎クリームシリーズ（エッセイ）
つぶやきのクリーム／つぼやきのテリーヌ／つぼねのカトリーヌ／ツンドラモンスーン／

つぼみ茸ムース／つぶさにミルフィーユ／月夜のサラサーテ／**つんつんブラザーズ**（本書）

◎その他

森博嗣のミステリィ工作室／１００人の森博嗣／アイソパラメトリック／悪戯王子と猫の物語（ささきすばる氏との共著）／悠悠おもちゃライフ／人間は考えるＦになる（土屋賢二氏との共著）／君の夢　僕の思考／議論の余地しかない／的を射る言葉／森博嗣の半熟セミナ　博士、質問があります！／ＤＯＧ＆ＤＯＬＬ／ＴＲＵＣＫ＆ＴＲＯＬＬ／森籠もりの日々／森には森の風が吹く／森遊びの日々／森語りの日々／森心地の日々（二〇二〇年一月刊行予定）

☆詳しくは、ホームページ「森博嗣の浮遊工作室」
(http://www001.upp.so-net.ne.jp/mori/)　を参照

本書は文庫書下ろしです。

|著者|森 博嗣 作家、工学博士。1957年12月生まれ。名古屋大学工学部助教授として勤務するかたわら、1996年に『すべてがＦになる』（講談社）で第１回メフィスト賞を受賞しデビュー。以後、続々と作品を発表し、人気を博している。小説に『スカイ・クロラ』シリーズ、『ヴォイド・シェイパ』シリーズ（ともに中央公論新社）、『相田家のグッドバイ』（幻冬舎）、『喜嶋先生の静かな世界』（講談社）など、小説のほかに、『自由をつくる 自在に生きる』（集英社新書）、『孤独の価値』（幻冬舎新書）などの多数の著作がある。2010年には、Amazon.co.jpの10周年記念で殿堂入り著者に選ばれた。ホームページは、「森博嗣の浮遊工作室」（http://www001.upp.so-net.ne.jp/mori/）。

つんつんブラザーズ The cream of the notes 8

森《もり》 博嗣《ひろし》

2019年12月13日第１刷発行
2020年１月24日第２刷発行

発行者――渡瀬昌彦
発行所――株式会社 講談社
東京都文京区音羽2-12-21 〒112-8001
電話 出版（03）5395-3510
販売（03）5395-5817
業務（03）5395-3615
Printed in Japan

講談社文庫
定価はカバーに表示してあります

デザイン―菊地信義
本文データ制作―講談社デジタル製作
印刷―――豊国印刷株式会社
製本―――株式会社国宝社

ISBN978-4-06-517344-2

講談社文庫刊行の辞

二十一世紀の到来を目睫に望みながら、われわれはいま、人類史上かつて例を見ない巨大な転換期をむかえようとしている。

世界も、日本も、激動の予兆に対する期待とおののきを内に蔵して、未知の時代に歩み入ろうとしている。このときにあたり、創業の人野間清治の「ナショナル・エデュケイター」への志を現代に甦らせようと意図して、われわれはここに古今の文芸作品はいうまでもなく、ひろく人文・社会・自然の諸科学から東西の名著を網羅する、新しい綜合文庫の発刊を決意した。

激動の転換期はまた断絶の時代である。われわれは戦後二十五年間の出版文化のありかたへの深い反省をこめて、この断絶の時代にあえて人間的な持続を求めようとする。いたずらに浮薄な商業主義のあだ花を追い求めることなく、長期にわたって良書に生命をあたえようとつとめるところにしか、今後の出版文化の真の繁栄はあり得ないと信じるからである。

同時にわれわれはこの綜合文庫の刊行を通じて、人文・社会・自然の諸科学が、結局人間の学にほかならないことを立証しようと願っている。かつて知識とは、「汝自身を知る」ことにつきていた。現代社会の瑣末な情報の氾濫のなかから、力強い知識の源泉を掘り起し、技術文明のただなかに、生きた人間の姿を復活させること。それこそわれわれの切なる希求である。

われわれは権威に盲従せず、俗流に媚びることなく、渾然一体となって日本の「草の根」をかたちづくる若く新しい世代の人々に、心をこめてこの新しい綜合文庫をおくり届けたい。それは知識の泉であるとともに感受性のふるさとであり、もっとも有機的に組織され、社会に開かれた万人のための大学をめざしている。大方の支援と協力を衷心より切望してやまない。

一九七一年七月

野間省一

講談社文庫　目録

講談社文庫　目録

花村萬月　續信長私記
畑村洋太郎　失敗学のすすめ
畑村洋太郎　失敗学実践講義〈文庫増補版〉
花井愛子　ときめきイチゴ時代〈ティーンズハートの1987～1997〉
はやみねかおる　そして五人がいなくなる〈名探偵夢水清志郎事件ノート〉
はやみねかおる　都会《まち》のトム&ソーヤ(1)
はやみねかおる　都会《まち》のトム&ソーヤ(3)〈いつになったら作戦《ミッション》終了?〉
はやみねかおる　都会《まち》のトム&ソーヤ(4)〈四重奏《カルテット》〉
はやみねかおる　都会《まち》のトム&ソーヤ(5)〈IN《イン》塀戸《VADE》〉(上)(下)
はやみねかおる　都会《まち》のトム&ソーヤ(6)〈ぼくの家へおいで〉
はやみねかおる　都会《まち》のトム&ソーヤ(7)《怪人は夢に舞う〈理論編〉》
はやみねかおる　都会《まち》のトム&ソーヤ(8)《怪人は夢に舞う〈実践編〉》
はやみねかおる　都会《まち》のトム&ソーヤ(9)〈前夜祭《EVE》内人《ないと》side〉
はやみねかおる　都会《まち》のトム&ソーヤ(10)〈前夜祭《EVE》創也《そうや》side〉
勇嶺《はやみね》薫《かおる》　赤い夢の迷宮
橋口いくよ　猛烈に!アロハ萌え
服部真澄　極楽行き
服部真澄　クラウド・ナイン〈清談　佛々堂先生〉
早瀬詠一郎　つげの箸〈裏十手からくり草紙〉
早瀬詠一郎　平手造酒《みき》
早瀬乱　レイニー・パークの音
初野晴　向こう側の遊園
原武史　滝山コミューン一九七四
濱嘉之　警視庁情報官〈シークレット・オフィサー〉
濱嘉之　警視庁情報官　ハニートラップ
濱嘉之　警視庁情報官　トリックスター
濱嘉之　警視庁情報官　ブラックドナー
濱嘉之　警視庁情報官　サイバージハード
濱嘉之　警視庁情報官　ゴーストマネー
濱嘉之　警視庁情報官　ノースブリザード
濱嘉之　鬼《き》手《しゅ》〈世田谷駐在刑事・小林健〉
濱嘉之　電子の標的〈警視庁特別捜査官・藤江康央〉
濱嘉之　列島融解
濱嘉之　オメガ　警察庁諜報課
濱嘉之　オメガ　対中工作
濱嘉之　ヒトイチ　警視庁人事一課監察係
濱嘉之　ヒトイチ　画像解析〈警視庁人事一課監察係〉
濱嘉之　ヒトイチ　内部告発〈警視庁人事一課監察係〉
濱嘉之　カルマ真仙教事件(上)(中)(下)
濱嘉之　新装版　院内刑事《デカ》
橋本紡　彩乃ちゃんのお告げ
馳星周　やつらを高く吊せ
馳星周　ラフ・アンド・タフ
早見俊　右近の鯔背《いなせ》銀杏《いちょう》〈双子同心捕物競い(二)〉
早見俊　同心の鑑《かがみ》〈双子同心捕物競い(三)〉
早見俊　上方与力江戸暦
畠中恵　アイスクリン強し
畠中恵　若様組まいる
畠中恵　若様とロマン
はるな愛　素晴らしき、この人生
葉室麟　風渡る
葉室麟　風の軍師〈黒田官兵衛〉
葉室麟　星火瞬く
葉室麟　陽《かげ》炎《ろう》の門
葉室麟　紫匂う
葉室麟　山月庵茶会記
葉室麟　津軽双花

講談社文庫　目録

講談社文庫 目録

講談社文庫　目録

講談社文庫 目録

森 博嗣 笑わない数学者〈MATHEMATICAL GOODBYE〉
森 博嗣 詩的私的ジャック〈JACK THE POETICAL PRIVATE〉
森 博嗣 封印再度〈WHO INSIDE〉
森 博嗣 幻惑の死と使途〈ILLUSION ACTS LIKE MAGIC〉
森 博嗣 夏のレプリカ〈REPLACEABLE SUMMER〉
森 博嗣 今はもうない〈SWITCH BACK〉
森 博嗣 数奇にして模型〈NUMERICAL MODELS〉
森 博嗣 有限と微小のパン〈THE PERFECT OUTSIDER〉
森 博嗣 黒猫の三角〈Delta in the Darkness〉
森 博嗣 人形式モナリザ〈Shape of Things Human〉
森 博嗣 月は幽咽のデバイス〈The Sound Walks When the Moon Talks〉
森 博嗣 夢・出逢い・魔性〈You May Die in My Show〉
森 博嗣 魔剣天翔〈Cockpit on knife Edge〉
森 博嗣 恋恋蓮歩の演習〈A Sea of Deceits〉
森 博嗣 六人の超音波科学者〈Six Supersonic Scientists〉
森 博嗣 捩れ屋敷の利鈍〈The Riddle in Torsional Nest〉
森 博嗣 朽ちる散る落ちる〈Rot off and Drop away〉
森 博嗣 赤緑黒白〈Red Green Black and White〉
森 博嗣 四季 春〜冬

森 博嗣 φ《ファイ》は壊れたね〈PATH CONNECTED φ BROKE〉
森 博嗣 θ《シータ》は遊んでくれたよ〈ANOTHER PLAYMATE θ〉
森 博嗣 τ《タウ》になるまで待って〈PLEASE STAY UNTIL τ〉
森 博嗣 ε《イプシロン》に誓って〈SWEARING ON SOLEMN ε〉
森 博嗣 λ《ラムダ》に歯がない〈λ HAS NO TEETH〉
森 博嗣 η《イータ》なのに夢のよう〈DREAMILY IN SPITE OF η〉
森 博嗣 目薬α《アルファ》で殺菌します〈DISINFECTANT α FOR THE EYES〉
森 博嗣 ジグβは神ですか〈JIG β KNOWS HEAVEN〉
森 博嗣 キウイγ《ガンマ》は時計仕掛け〈KIWI γ IN CLOCKWORK〉
森 博嗣 χ《カイ》の悲劇〈THE TRAGEDY OF χ〉
森 博嗣 イナイ×イナイ〈PEEKABOO〉
森 博嗣 キラレ×キラレ〈CUTTHROAT〉
森 博嗣 タカイ×タカイ〈CRUCIFIXION〉
森 博嗣 ムカシ×ムカシ〈REMINISCENCE〉
森 博嗣 サイタ×サイタ〈EXPLOSIVE〉
森 博嗣 女王の百年密室〈GOD SAVE THE QUEEN〉
森 博嗣 迷宮百年の睡魔〈LABYRINTH IN ARM OF MORPHEUS〉
森 博嗣 赤目姫の潮解〈LADY SCARLET EYES AND HER DELIQUESCENCE〉
森 博嗣 まどろみ消去〈MISSING UNDER THE MISTLETOE〉

森 博嗣 地球儀のスライス〈A SLICE OF TERRESTRIAL GLOBE〉
森 博嗣 今夜はパラシュート博物館へ〈THE LAST DIVE TO PARACHUTE MUSEUM〉
森 博嗣 虚空の逆マトリクス〈INVERSE OF VOID MATRIX〉
森 博嗣 レタス・フライ〈Lettuce Fry〉
森 博嗣 僕は秋子に借りがある I'm in Debt to Akiko〈森博嗣自選短編集〉
森 博嗣 どちらかが魔女 Which is the Witch?〈森博嗣シリーズ短編集〉
森 博嗣 探偵伯爵と僕〈His name is Earl〉
森 博嗣 銀河不動産の超越〈Transcendence of Ginga Estate Agency〉
森 博嗣 喜嶋先生の静かな世界〈The Silent World of Dr. Kishima〉
森 博嗣 実験的経験〈Experimental experience〉
森 博嗣 そして二人だけになった〈Until Death Do Us Part〉
森 博嗣 つぶやきのクリーム〈The cream of the notes〉
森 博嗣 つぼやきのテリーヌ〈The cream of the notes 2〉
森 博嗣 つぼねのカトリーヌ〈The cream of the notes 3〉
森 博嗣 ツンドラモンスーン〈The cream of the notes 4〉
森 博嗣 つぼみ茸《きのこ》ムース〈The cream of the notes 5〉
森 博嗣 つぶさにミルフィーユ〈The cream of the notes 6〉
森 博嗣 月夜のサラサーテ〈The cream of the notes 7〉
森 博嗣 つんつんブラザーズ〈The cream of the notes 8〉

講談社文庫 目録